कोणार्क

[नाटक]

कोणार्क

जगदीशचन्द्र माथुर

राधाकृष्ण प्रकाशन

ISBN : 978-81-7119-094-2

कोर्णाक

पहला संस्करण : 1951
पहला राधाकृष्ण संस्करण : 1992
सातवाँ संस्करण : 2026

मूल्य : ₹395

प्रकाशक
राधाकृष्ण प्रकाशन प्राइवेट लिमिटेड
जी-17, जगतपुरी, दिल्ली-110 051
शाखाएँ : अशोक राजपथ, साइंस कॉलेज के सामने, पटना-800 006
पहली मंजिल, दरबारी बिल्डिंग, महात्मा गांधी मार्ग, प्रयागराज-211 001
1, अनमोल सोराबजी संतुक लेन, धोबी तलाव, मरीन लाइंस, मुम्बई-400 002
वेबसाइट : www.radhakrishnaprakashan.com
ई-मेल : info@radhakrishnaprakashan.com

मुद्रक
बी.के. ऑफसेट
नवीन शाहदरा, दिल्ली-110 032

KONARK
Play by Jagdish Chandra Mathur

श्री जगदीशचन्द्र माथुर की नाट्य कृतियों से मैं बहुत पहले से परिचित हूँ। उनके प्रारम्भिक नाटकों में से एक–'भोर का तारा' रूपाभ में प्रकाशित हुआ था। 'कोणार्क' उनकी अत्यन्त सफल कृति है। हिन्दी में नाट्य कला की ऐसी सर्वांगपूर्ण सृष्टि मुझे अन्यत्र देखने को नहीं मिली। इसमें प्राचीन, नवीन नाट्य कला का अत्यन्त मनोरम सामंजस्य है। विषय-निर्वाचन, कथा-वस्तु, क्रम-विकास, संवाद, ध्वनि, मितव्ययिता आदि सभी दृष्टियों से 'कोणार्क' अद्भुत साफ-सुथरी सन्तुलित कला-कृति है। छोटे-छोटे तीन अंकों के भीतर एक विराट युग के जीवन का स्पन्दन-कम्पन गागर में सागर की तरह छलक उठता है। इसके उपक्रम तथा उपसंहार लेखक के अत्यन्त मौलिक प्रयोग हैं, जिनमें नाटक की सीमाएँ एक रहस्य-विस्तार में खो-सी गई हैं। उपक्रम में आँखों के सामने एक विस्मृत ऐतिहासिक युग का ध्वंसशेष, कल्पना में समुद्र की तरह आर-पार उद्वेलित होकर साकार हो उठता है, जिसकी तरंगों के व्यथा-द्रवित उत्थान-पतन में करुण, विद्रोह-भरा नाटक का कथानक मन की आँखों के सम्मुख प्रत्यक्ष हो जाता है। उपसंहार में नाटक की अमर अमिट अनुगूँज हृदय के श्रवणों में अविराम गूँजती रहती है। इस नाटक का तृतीय अंक अत्यन्त सशक्त तथा प्रभावोत्पादक बन पड़ा है। कलाकार का बदला जीवन-सौन्दर्य को ही चुनौती नहीं देता, अत्याचारी को भी जैसे सूर्यहीन लोक के अतल अन्धकार में डाल देता है। सहनशील विशु तथा विद्रोही धर्मपद में जैसे कला के प्राचीन और नवीन युग मूर्तिमान हो उठे हैं। धर्मपद में आधुनिक कलाकार का विद्रोह ही जैसे व्यक्तित्व ग्रहण कर लेता है। विशु और धर्मपद का पिता-पुत्र का नाता और तत्सम्बन्धी करुण-कथा जैसे इतिहास के गर्जन में मानव-हृदय की धड़कन भी घुल-मिलकर नाटक को मार्मिकता प्रदान करती है। आज के राजनीतिक-आर्थिक संघर्ष के जर्जर युग में कोणार्क के द्वारा कला और संस्कृति जैसे अपनी चिरन्तन उपेक्षा का विद्रोहपूर्ण सन्देश मनुष्य के पास पहुँचा रही हैं।

श्री माथुर को मैं उनकी इस उत्कृष्ट नाट्य-कृति के लिए हार्दिक बधाई देता हूँ। आशा करता हूँ, भविष्य में वह इसी प्रकार अपनी विशिष्ट देन से हिन्दी-साहित्य के इस अंग को शक्ति तथा गौरव प्रदान करते रहेंगे।

—श्री सुमित्रानन्दन पन्त

विषय-क्रम

शिल्पीप्रवर

उपेन्द्र महारथी को

"...
कला की जोत; अटल विश्वास
जगाए, खँडहर सोता है।"

संशोधित संस्करण का परिचय

यह नाटक मैंने सन् 1949-50 के शीतकाल में लिखा था, यद्यपि इसके कुछ अंश सन् 1946 ही में लिख डाले थे। प्रथम संस्करण सन् 1951 में प्रकाशित हुआ। तब से इसके छह पुनर्मुद्रण हो चुके हैं। भारतवर्ष के कई नगरों में यह खेला जा चुका है; कुछ भाषाओं में अनूदित भी हुआ है। कहीं-कहीं यह पाठ्यग्रन्थ के रूप में शिक्षा-संस्थाओं में पढ़ाया भी जाता है।

अब 12 वर्ष बाद सन् 1961 में मैंने इस नाटक में कुछ संशोधन किया है और कई परिवर्तन भी। निस्सन्देह वर्तमान हिन्दी-साहित्य में पूर्व प्रकाशित रचनाओं को इस तरह से परिवर्तित करने की परम्परा नहीं रही है। सुधी समालोचक यदि मेरी इस हरकत पर अचम्भित हों तथा इसकी आलोचना करें तो मैं बुरा न मानूँगा।

वस्तुतः हिन्दी में नाटक छप पहले जाते हैं और उन्हें रंगमंच पर बाद में प्रस्तुत किया जाता है। पाश्चात्य देशों में प्रायः नाटक कही जाने वाली रचनाएँ रंगमंच पर उतारी जाने से पूर्व प्रकाशित नहीं की जातीं। लेखक नाटक के रिहर्सल के समय अपनी पांडुलिपि में आवश्यकतानुसार परिवर्तन करता है और इस तरह वह अभिनय सम्बन्धी कठिनाइयों को ध्यान में रख सकता है। 'कोणार्क' के रंगमंच पर अभिनय मैंने स्वयं तो बहुत कम देखे, लेकिन जिन संस्थाओं ने रंगमंच पर इसे प्रस्तुत किया उनमें से कई ने मुझे अपने अनुभव लिख भेजे। एक बुनियादी बात मुझे यह ज्ञात हुई कि मूल संस्करण के तीसरे अंक में शय्या पर लेटे धर्मपद को दिखाया जाना मंच पर अनेक समस्याएँ पैदा कर देता है। चूँकि थोड़ी ही देर बाद उसे संग्राम में पुनः कूद जाना है इसलिए वह विवशता का चित्र मंच पर उपयुक्त प्रभाव नहीं डालता; यद्यपि कथा में वैसा विवरण पूर्णतः स्वीकार्य होगा। दूसरी बात

पहले अंक के बारे में कही गई कि उसमें पूर्वकथा का उद्घाटन यथोचित नाटकीयता से नहीं हो पाया और इसलिए कहीं-कहीं एकरसता आ गई। तीसरी बात यह थी कि उपक्रम और उपसंहार के शब्द नेपथ्य से गाए जाने पर प्रायः सुने नहीं जा सकते और उनका काव्यत्व दर्शकों तक पहुँच नहीं पाता था।

प्रस्तुत संस्करण में किए गए संशोधन रंगमंच की उल्लिखित कठिनाइयों को ध्यान में रखकर किए गए हैं। तृतीय अंक का अन्तिम दृश्य जिसमें मूर्ति धराशायी होती है, रंगमंच की दृष्टि से अधिक स्पष्ट कर दिया गया है, यद्यपि निर्देशकों को अब भी इस दृश्य के दिखाने में विशेष सावधानी बरतनी होगी।

एक दूसरे प्रकार के परिवर्तन की प्रेरणा मुझे मिली प्रसिद्ध पुरातत्त्ववेत्ता श्री टी.एन. रामचन्द्रन के एक लेख से, जो सन् 1951 में मद्रास संगीत अकादेमी के जर्नल में प्रकाशित हुआ था। इस लेख में उन्होंने कोणार्क-मन्दिर से प्राप्त एक मूर्ति का उल्लेख किया है। जिसके नीचे नाट्याचार्य 'सौम्य श्रीदत्त' का नाम लिखा हुआ है। उनके अनुसार सौम्य श्रीदत्त कोणार्क-मन्दिर के नाट्याचार्य रहे होंगे; मूर्ति की मुद्रा एवं अन्य विशेषताओं से यह सिद्ध होता है। इस मूर्ति का एक चित्र भी उन्होंने मेरे पास भेजा। मूर्ति के गले में एक हार है, जिसके बीच में एक बड़ा-सा चक्र है। हाथों में मंजीर, कानों में मकरकुंडल, किन्तु कलाई में वीर-शृंखला का अभाव। यदि इस मूर्ति के विषय में मुझे पहले से जानकारी होती तो सम्भवतः नाटक के कथानक में एक और तत्त्व का आरोप होता। फिर भी मैं सौम्य श्रीदत्त को अपने नाटक में किसी-न-किसी रूप में प्रस्तुत करने की लालसा को दबा न सका। मूल संस्करण में मुकुन्द नाम का एक कल्पित पात्र स्थपति विशु का मित्र दिखाया गया है। इस संशोधित संस्करण में उस कल्पित पात्र के स्थान पर सौम्य श्रीदत्त को मैंने दिखा दिया है। सौम्य श्रीदत्त के प्रवेश से निस्सन्देह नाटक का चरित्र-चित्रण अधिक सजीव और विविध हो गया है—कम-से-कम ऐसा मेरा विचार है।

पिछले कुछ वर्षों में मुझे मध्ययुगीन भाषा-नाटकों को पढ़ने का मौका मिला है। उन नाटकों में सूत्रधार तथा उसके संगियों का एक विशेष स्थान होता है। इसलिए तथा नेपथ्य के स्वरों की अव्यावहारिकता के कारण, मैंने

यह तय किया कि सूत्रधार और उसके साथ दो वाचिकाओं को उपक्रम और उपसंहार के पात्रों का रूप दिया जाए। साथ ही मैंने अंक के बीच विष्कम्भकों के समान उपकथनों का समावेश किया है। इस तरह से उपक्रम, उपसंहार और उपकथन—ये तीनों नाटक के एक विशेष अंग बनाए गए हैं और सूत्रधार और दो वाचिकाएँ एक ऐसे समुदाय के रूप में हमारे सामने आते हैं जो नाटक के स्थूल रूप तथा आत्मा दोनों पर तीव्र प्रकाश डालते हैं। इस समुदाय को मैंने संज्ञा दी है 'वृन्दवार्तिक' की। 'वार्तिक' शब्द लोक-नाटकों में आज भी व्यवहृत होता है। 'वृन्दवार्तिक' की तुलना यूनान के 'कोरस' से भी की जा सकती है। बीसवीं सदी में प्रसिद्ध अमेरिकन नाटककार यूजीन-ओ-नील ने इस तरह के कोरस का प्रयोग किया। कोणार्क का 'वृन्दवार्तिक' कथा की कड़ियाँ प्रस्तुत करता है किन्तु साथ ही दर्शकों का प्रतीक भी है, न सिर्फ़ उन दर्शकों का जो रंगशाला में बैठे नाटक का अभिनय देखते हैं बल्कि उनका भी, जो रंगस्थली में होनेवाले, नियति के आश्चर्यजनक खेलों का अवलोकन करते हैं; संशय और उत्सुकता जिन्हें रह-रह कर पीड़ित करते हैं, उल्लास और जिज्ञासा जिनके प्राण हैं और कर्मादधि की उत्ताल तरंगों के बीच जो विश्वास तथा सत्य की चट्टानों को देख पाते हैं।

इन सब संशोधनों के बावजूद मैं जानता हूँ कि 'कोणार्क' का सफल अभिनय करना टेढ़ी खीर है। इसलिए जो लोग इसे रंगमंच पर प्रस्तुत करना चाहें उन्हें मैं पहले से ही सचेत कर देना आवश्यक समझता हूँ। यों मैंने परिशिष्ट में अभिनय के लिए कुछ संकेत दिए हैं; फिर भी एमेच्योर (शौकीन) मंडलियों के लिए इस नाटक का सफल अभिनय करना कठिन है।

यों तो इस नाटक के विषय में मुझे अनेक रोचक अनुभव हुए, किन्तु सबसे दिलचस्प अनुभव हुआ दिल्ली के अंग्रेज़ी समाचार-पत्रों में इस नाटक के अभिनय की समालोचना पढ़कर। उनमें से एक समालोचक महोदय (अथवा महोदया!) ने लिखा कि इस नाटक की भाषा इतनी दुरूह है कि इस नाटक का बहिष्कार होना चाहिए, क्योंकि लेखक ने यह नाटक संस्कृतमयी हिन्दी का प्रचार करने के लिए लिखा है!

यदि कोई मंडली दिल्ली में 'कोणार्क' का अभिनय करना चाहे तो मैं उसको सलाह दूँगा कि कोई और नाटक चुनें। वास्तव में दिल्ली को हिन्दी-साहित्य तथा नाटकों का आदी होने में अभी थोड़ा समय लगेगा। फिर

भी मैं विशेष अनुगृहीत हूँ, उन सभी अभिनेताओं, निर्देशकों तथा मंडलियों का, जिन्होंने 'कोणार्क' को रंगमंच पर प्रस्तुत करने की चेष्टा की तथा हिन्दी के उन सुधी समालोचकों और विद्वानों का, जिन्होंने मेरा उत्साह बढ़ाया। कहाँ तक यह नाटक साहित्य और रंगमंच के लिए स्थायी निधि है–यह तो भविष्य ही बता सकेगा।

नई दिल्ली
मई, 1961

–जगदीशचन्द्र माथुर

परिचय

(मूल संस्करण)

ईसा की सातवीं शताब्दी से लेकर तेरहवीं शताब्दी तक उड़ीसा में एक के बाद एक विशाल, भव्य कलापूर्ण मन्दिर का निर्माण हुआ जो आज भी भुवनेश्वर, जगन्नाथपुरी और कोणार्क में तत्कालीन कला के साक्षी-रूप खड़े हैं। इनमें से सर्वश्रेष्ठ मन्दिर, सूर्य देवता का देवालय, कोणार्क में स्थित है। कोणार्क के देवालय के विषय में कतिपय ऐतिहासिक तथ्य विचारणीय हैं। एक तो यह कि मध्यकालीन उड़ीसा के मन्दिरों की परम्परा में यह अन्तिम भवन है। इसके बाद न जाने कैसे और क्यों उड़ीसा में उस कोटि और शैली के मन्दिरों का बनना ही बन्द हो गया और मानो शिल्पियों के कुल ही तिरोहित हो गए। दूसरे, उस परम्परा के मन्दिरों में स्थापत्य, कल्पना और कला की विविधता में यह मन्दिर पराकाष्ठा का द्योतक है, मानो वह शैली कोणार्क के निर्माण में अपनी चरमावस्था को पहुँची। तीसरे, जहाँ अन्य मन्दिर पुरी और भुवनेश्वर जैसे नगरों में बनाए गए, कोणार्क के लिए ऐसा स्थान चुना गया, जिसके आस-पास दूर तक आबादी नहीं थी। पुरी से 19 मील दूर समुद्र-तट पर यह मन्दिर स्थित है। चौथे, इस मन्दिर के उपपीठ और दीवारों पर अंकित युगल मूर्तियाँ आधुनिक विचार से अत्यन्त अश्लील हैं और उनका उद्‌देश्य समझ में नहीं आता। पाँचवीं और अत्यन्त रहस्यपूर्ण बात यह है कि मध्यकालीन उड़ीसा का अन्य कोई मन्दिर इस खंडित और भग्नावस्था में नहीं है, यद्यपि यही सब के बाद में बना। मन्दिर का मुख्य अंश (विमान) टूटा पड़ा है, और कुछ विद्वानों का तो यह भी मत है कि मन्दिर कभी व्यवहार में लाया ही नहीं गया। मन्दिर का मुख्य भाग इस समय पत्थरों का ढेर है। उसका नट-मन्दिर भी धराशायी है। विशाल प्रांगण में ध्वस्त मूर्तियाँ और पाषाण-खंड पड़े हैं। केवल बाकी है विमान से सटा हुआ

जगमोहन यानी मंडप, जो एक विस्तीर्ण मेधि पर दीपक की अकेली लौ की भाँति खड़ा है।

मन्दिर क्यों टूटा–इस विषय में उड़ीसा में एक किंवदन्ती प्रचलित है, जिसे अंशतः ही मैंने अपने नाटक का आधार बनाया है। इतिहास का सहारा भी मैंने अल्प मात्रा में ही लिया है; फिर भी इस नाटक को पूर्णतया अनैतिहासिक नहीं कहा जा सकता। गंगवंशीय महाप्रतापी राजा नरसिंहदेव का उड़ीसा में राज्यकाल ईस्वी सन् 1238 से 1264 तक माना जाता है और कुछ जागीरों के लेख-पत्रों में स्पष्ट रूप से कहा गया है कि नरसिंहदेव ने ही कोणार्क का निर्माण कराया। यह भी ऐतिहासिक सत्य है कि नरसिंहदेव ने वंग-प्रदेश में मुसलमान सूबेदारों को पराजित किया और गौड़ तक अपनी सेना को ले जाकर अनेक वर्षों तक वंग-प्रदेश में वे यवनों से लड़ते रहे। नरसिंहदेव के दरबार के प्रसिद्ध कवि विश्वनाथ ('साहित्य दर्पण' के रचयिता) ने अपनी अलंकार-शास्त्र की पुस्तक 'एकावली' में नरसिंहदेव को 'यवनावनिवल्लभ' कहकर सम्बोधित किया है। नरसिंहदेव के मंत्रियों में प्रमुख थे पूर्वीय चालुक्य-वंश के राजराज। यह बात श्रीकूर्मम् के एक लेख से प्रमाणित होती है।

मैं अपने उड़िया मित्रों से एक धृष्टता के लिए क्षमा-याचना करता हूँ। जिस लोकप्रिय किंवदन्ती के आधार पर उड़िया में श्री गोपबन्धुदास के खंड-काव्य 'धर्मपद', कार्तिक घोष के नाटक और अन्य रचनाओं का प्रणयन हुआ, मैंने उसका रूप इस नाटक में इतना बदल दिया है कि शायद वे उसे पहचान भी न पाएँ और रुष्ट भी हों कि क्यों मैंने एक ललित और करुण रस से पगी कहानी को इस रौद्र रूप में प्रदर्शित किया है। मैं अपना अपराध सहज ही स्वीकार करता हूँ। मुझे उस किंवदन्ती के करुण लालित्य ने आकृष्ट अवश्य किया किन्तु जिस विशाल और पुष्ट कल्पना का कोणार्क-मन्दिर परिचायक है और जिस संघर्ष-प्रधान युग में उसका निर्माण हुआ–उसके मुकाबले में मुझे उड़िया किंवदन्ती के भावुक और विवश नायक-नायिका क्षीण जँचे। प्रणय की अठखेलियों और भाग्य के थपेड़ों के आधार पर कोणार्क के खँडहरों का सहारा ले एक रोचक कथापट प्रस्तुत कर देने से मुझे सन्तोष नहीं हुआ। मुझे तो लगा जैसे कलाकार का युग-युग से मौन पौरुष जो सौन्दर्य-सृजन के सम्मोहन में अपने को भूल जाता है 'कोणार्क' के खंडन

के क्षण में फूट निकला हो। चिरन्तन मौन ही जिसका अभिशाप है उस पौरुष को मैंने वाणी देने की धृष्टता की है। किन्तु जब रूमानी कहानियों में बादल छूनेवाली कल्पना पर आप प्रतिबन्ध नहीं लगाते तो कलाकार के मानस में कुंडली मार कर सोए, पौरुष-नाग की अनाहत फूत्कार की जो कल्पना मैंने की है उसे समकालीन प्रगतिवाद की प्रतिध्वनि कहकर ही न दुत्कार दे। यह सही है कि व्यक्तिगत वैषम्य के साथ सामाजिक समस्याओं का गठबन्धन मैंने किया है। किन्तु इन दोनों के पूरे यूनानी दुखान्त नाटक की-सी भग्न रागिनी की प्रेरणा मुझे कलाकार के शाश्वत अन्तर्दहन में मिली है और यह नाटक उसी का प्रतीक है।

परिशिष्ट में हिन्दी नाट्य-साहित्य और रंगमंच की गति-विधि और भविष्य पर जो विचार मैंने प्रकट किए हैं उनका 'कोणार्क' के वस्तु-विषय और रूप-रेखा से कोई सीधा सम्बन्ध नहीं है; क्योंकि 'कोणार्क' पहले लिखा गया और यह निबन्ध बाद में। किन्तु दोनों प्रयास एक ही यज्ञ के लिए आहुतिस्वरूप होने के कारण असंगत न माने जायेंगे। पटना कॉलेज की साहित्य परिषद् में छात्रों, अध्यापकों और अन्य विद्वानों के सामने जब मैंने इस निबन्ध को पढ़ा तो मुझे लगा कि शायद मेरे शब्दों ने श्रोताओं को इस विषय पर गम्भीरतापूर्वक सोचने के लिए मजबूर किया। उसी उद्देश्य से यहाँ भी यह निबन्ध दे रहा हूँ। आशा है विद्वान पाठक मेरी निश्चयात्मक उक्तियों के बावजूद इसे पढ़ने का कष्ट उठायेंगे। मैंने जो कुछ लिखा है उस पर रंगमंच और नाट्य-लेखन के तजुर्बे की छाप है, शास्त्रीय अध्ययन की नहीं। लेकिन शास्त्र के दामन पर तजुर्बे के दाग न पड़ें तो वह दामन नहीं पताका बनकर रह जायेगा। हमें तो दामन की ज़रूरत है, पताका की नहीं।

पटना, 1950

—जगदीशचन्द्र माथुर

कोणार्क

पात्र

सूत्रधार **पहली वाचिका** **दूसरी वाचिका**	:	उपक्रम, उपसंहार और उपकथनों के वृन्दवार्तिक
विशु	:	उत्कल राज्य का प्रधान शिल्पी और कोणार्क का निर्माता
धर्मपद	:	एक प्रतिभाशाली युवक शिल्पी
नरसिंहदेव	:	उत्कल-नरेश
राजराज चालुक्य	:	उत्कल-नरेश का महामात्य
सौम्य श्रीदत्त	:	विशु का मित्र और मन्दिर का नाट्याचार्य
राजीव	:	मुख्य पाषाण-कोर्त्तक
शैवालिक	:	चालुक्य का दूत
महेन्द्रवर्मन	:	नरसिंहदेव का रहस्याधिकारी
भास्कर **गजाधर**	:	अन्य शिल्पी
प्रतिहारीगण		
सैनिक		

काल :

ईसवी सन् 1260 के लगभग

स्थान :

प्रथम अंक	:	कोणार्क-मन्दिर में विशु का कक्ष।
द्वितीय अंक	:	वही।
तृतीय अंक	:	मन्दिर के गर्भगृह से सटा अन्तराल।

[अभिनय और निर्देशन के संकेतों के लिए देखिए परिशिष्ट]

उपक्रम

[झीने अन्धकार में कोणार्क के खँडहर की हलकी झलक दीख पड़ती है। सम्मिलित वाद्यों का स्वर। उस संगीत की अन्तिम ध्वनियाँ ऐसी हैं जैसे सागर की लहरों का अनवरत, न थकनेवाला, सृष्टि की व्यंग्यमयी वेदना से परिपूर्ण रुदन।

हठात् संगीत रुक जाता है। क्षणभर के लिए पूर्ण मौन और निविड़ अन्धकार! फिर अन्धकार को चीरती हुई प्रकाश की मन्द रेखा तीन आकृतियों को ज्योतित कर देती है—मंच के एक सिरे पर अग्रभाग में खड़े हुए सूत्रधार और दो वाचिकाएँ (अथवा वाचक !) सूत्रधार रंगीन पगड़ी, लम्बी चपकन और अंगवस्त्र पहने है; वाचिकाएँ लहँगे और ओढ़नियाँ (यदि वाचक हैं तो पगड़ी-धोती और छोटी चपकन)।

निःशब्द वातावरण को भेदते हुए एक-एक करके तीनों के स्वर सुन पड़ते हैं, मानो शताब्दियों के सोपानों को पार करनेवाले, चिर-जाग्रत् सागर की लहरें कथा सुनाती हों।

बोलनेवाला व्यक्ति मंच के बीच में आकर बोलता है। प्रकाश उसके चेहरे पर प्रखरता से पड़ता है। इस तरह एक-एक करके, कथा कहने के बाद, तीनों, मंच के दूसरे सिरे पर खड़े होते जाते हैं।

कथा लय-तालयुक्त गीतों के रूप में नहीं, बल्कि अत्यन्त स्पष्ट और मर्मस्पर्शी वाचक शैली में कही जाती है। किसी तरह का वाद्य नहीं बजता, किसी तरह का सस्वर गीत नहीं गाया जाता। प्रत्येक शब्द साफ़-साफ़ सुन पड़ता है। पहला स्वर स्पष्ट किन्तु महीन है, दूसरा उससे गहरा और तीसरा गुरुतम।]

पहली वाचिका

(नन्ही लहर)

दूर वह खँडहर सोता है,
पूरबी सागर के तट पर
सुनातीं अगणित अथक लहर
लोरियाँ जिसको निशि-वासर
रेत की सेज सँजोए क्लान्त
मौन वह खँडहर सोता है।

दूसरी वाचिका

(आकुल तरंग)

साँझ का सोने-सा बादल;
डूबते सूरज की बेकल
साँस-सा चंचल, पर निश्चल,
अधूरे सपने-सा अभिराम
कौन वह खँडहर सोता है?

[थोड़ा विराम। मन्द और करुण वाद्य-स्वर। और फिर–]

सूत्रधार

(गम्भीर, मन्थर हिल्लोल)

लेकिन एक दिन...
बहुत दिन हुए...वह सपना पूरा हुआ था।
सात सौ वर्ष पहले की बात।...
उड़ीसा प्रदेश में परम पराक्रमी महाराज नरसिंहदेव का राज्य है और
उनका मुख्य स्थपति है महाशिल्पी विशु, जिसने एक के बाद एक,
चार अद्‌भुत मन्दिरों का भुवनेश्वर में निर्माण किया।...
फिर भी राजा की कामना और शिल्पी की साधना पूरी न हुई।

और अब?
महाशिल्पी विशु की निखरी हुई कला का अभूतपूर्व चमत्कार
भगवान सूर्य का जगमगाता हुआ पुण्यधाम–

कोणार्क–
पूर्वी सागर के तट पर उदित हो रहा है।
बारह सौ शिल्पियों और मजदूरों की
बारह बरस की लम्बी साधना
        और कठोर मेहनत के बाद
विशु की विराट कल्पना साकार हो चली है।
हाँ...विराट कल्पना!
पाषाण का एक विशाल रथ–
सैकड़ों गज लम्बी-चौड़ी है जिसकी पिष्ठ,
दुर्ग-प्राचीर से वृहद् हैं जिसके बारह चक्र,
और गिरि से विपुल हैं जिसके सात भव्य घोड़े।
और मन्दिर के भीतर है एक अनोखा चमत्कार–
सूर्य भगवान की जाज्वल्यमान मूर्ति, चुम्बक पत्थर के
आकर्षण से, निराधार, शून्य में, लटकी हुई है !
...हाँ, विराट कल्पना साकार हो चली !
लेकिन मन्दिर का शिखर पूरा होना बाक़ी है।
सारे उत्कल की आँखें कोणार्क पर हैं।
कब उसका शिखर पूरा होगा ?
कब उस पर केसरी पताका फहराएगी ?
कब?... कब?

[मौन। संगीत क्षणिक उठान के बाद बन्द हो जाता है। प्रकाश की रेखा सूत्रधार और वाचिकाओं पर से हटकर बीच मंच पर पड़ती है। सूत्रधार और वाचिकाओं का प्रस्थान। खँडहर की झलक लुप्त हो जाती है और उसके स्थान पर–]

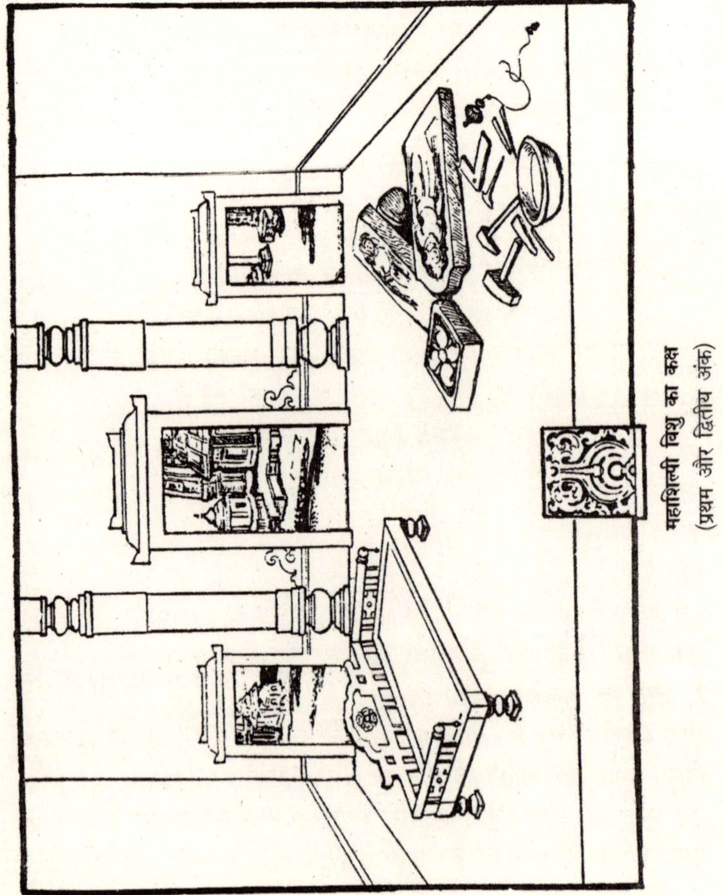

महाशिल्पी विशु का कक्ष
(प्रथम और द्वितीय अंक)

प्रथम अंक

[एक कक्ष का भीतरी भाग। मन्दिर की विशाल चहारदीवारी के भीतर मुख्य मन्दिर से लगभग पचास गज दक्षिण-पूर्व की ओर एक भोग-मन्दिर है। यह कमरा उसी में स्थित है और मन्दिर के निर्माण के दिनों में महाशिल्पी विशु का निवास-स्थान। सामने तीन द्वार हैं; जिनमें से बीचवाले को छोड़कर बाकी दोनों खिड़की जान पड़ती हैं। खिड़की के बराबर स्तम्भ हैं। खिड़कियों और सामनेवाले द्वार में से मुख्य मन्दिर और जगमोहन की झलक दिखाई पड़ती है—पूरी झलक नहीं, सिर्फ़ मेधि से ऊपर और छप्र से नीचे का अंश, जिस पर अंकित कुछ सुन्दर मूर्तियाँ दृष्टिगोचर होती हैं। मन्दिर की यह झलक जितनी सजावटपूर्ण है, उसकी अपेक्षाकृत महाशिल्पी का निवास-स्थान, यह कमरा अत्यन्त सादा और अलंकारविहीन है। इधर-उधर कुछ आधी उत्कीर्ण मूर्तियाँ पड़ी हैं। कुछ पाषाण-खंड रखे हैं, जिन पर की गई खुदाई नजर पड़ रही है। कुछ छैनियाँ और अन्य औजार भी पड़े हैं। बाईं खिड़की के पास एक लम्बी चौकी रखी है जिसके सिरहाने की तरफ़ लकड़ी की ऊँची पीठ है, जैसी कि अकसर प्राचीन सिंहासनों में हुआ करती थी। चौकी पर एक सादा कालीन बिछा है। चौकी पर भारी चिन्तित अवस्था में बैठे हैं महाशिल्पी विशु। उनके हाथ चौकी की पीठ पर हैं और हाथों पर ठुड्डी है। हमें उनका पूरा मुख नहीं दीख पड़ता क्योंकि उनकी दृष्टि बीचवाले द्वार में होती हुई मुख्य मन्दिर पर पड़ी हुई है। कमरे में आने का एक द्वार दाहिनी तरफ़ भी है और इस दृश्य में अधिकतर अभिनेता इसी द्वार से आते-जाते हैं। इस समय इस द्वार के निकट कोणार्क के प्रधान पाषाण-कोर्त्तक राजीव खड़े हैं। ऐसा मालूम होता है कि अभी बाहर से आए हैं और उन्होंने कुछ कहना समाप्त किया है।

बातचीत के बीच में कभी-कभी मन्दिर की तरफ़ से पत्थर पर खुदाई की आवाज़ आती है, जिससे मालूम होता है कि काम जारी है।]

विशु : कब? आख़िर कब हम अम्ल* के ऊपर त्रिपटधर* को स्थापित कर पाएँगे? आज दस रोज़ हो गए, केवल इसी के कारण मूर्ति का प्रतिष्ठापन नहीं हो रहा है। *(राजीव की ओर मुँह करके)* राजीव, तुम कहते हो कि तुमने कलश* के अधोअंश को और हलका कर दिया?

राजीव : हाँ, फिर भी कलश ठहर नहीं पाता। मैंने अम्ल के हरेक अनुपात को फिर से नापा। कहीं कमी नहीं।

विशु : छप्र* से ऊपरवाली भूमि* के जोड़ तो ठीक हैं न ?

राजीव : वे सब जोड़ तो आप ही ने अपने हाथों से स्थापित किए थे!

विशु : जानता हूँ। लेकिन मन्दिर की महती कल्पना मेरी बुद्धि के परे हो चली है। मुझे न मालूम था कि सूर्यदेव के जिस विशाल वाहन का स्वप्न मैं देखा करता था, वह सच्चा होते-होते इस पार्थिव धरातल से उठकर भगवान भास्कर के चरण छूने के लिए उतावला हो उठेगा।

राजीव : राजनगरी के ज्योतिषी भानुदत्त का कहना है...

[नेपथ्य में निकट आते नूपुरों की ध्वनि। सौम्यश्री का प्रवेश। सिर पर उष्णीष, कानों में मकरकुंडल, गले में हार, हाथों में मंजीर—मानो विशेषतः तैयार होकर आए हों।]

सौम्य : यह ठीक रहेगा न विशु? *(अपनी वेश-भूषा विशु को*

---

* अम्ल, त्रिपटधर, कलश और छप्र तत्कालीन उड़िया मन्दिरों की देउलि यानी मुख्य खंड (जिसे विमान भी कहते हैं) के सबसे ऊपरी अंश के विभिन्न अंगों के नाम हैं। 'भूमि' स्थापत्य में 'आधार' का द्योतक है। विमान के आगे जगमोहन (जिसका उल्लेख द्वितीय अंक में है) मंडप के तौर पर होता था और उसके भी आगे नट-मन्दिर नृत्य-प्रदर्शन इत्यादि के लिए मंडप।

दिखाते हैं।)... कोई कमी तो नहीं है, नाट्याचार्य की वेश-भूषा में?

राजीव : हाथों में वीर-शृंखला कहाँ है, तात सौम्यश्री?

सौम्य : इतना भी नहीं समझे राजीव? हाथों में मंजीर देखते हो? मंजीर बजाने की भंगिमा यदि नहीं हो तो वह नाट्याचार्य की मूर्ति क्योंकर लगेगी? और यदि मंजीर बजाना है तो सुवर्ण-शृंखला कलाइयों में कैसे ठहर सकती है!

राजीव : समझा तात।

सौम्य : लेकिन तुम्हारा क्या विचार है विशु! हाथों को कटकमुद्रा में रखूँ न? यह देखो, बाएँ हाथ में मंजीर को उलटा करके इस तरह रखूँगा। *(बाएँ हाथवाली मंजीर को वक्ष से लगाकर उलटकर रखता है।)* और दाएँ हाथ को ऊपर से कटकमुद्रा में इस तरह! *(दिखाता है।)*—मानो मंजीर बजाकर मैं नर्तकियों को संकेत दे रहा हूँ। ठीक है न?— *(विशु को चुप और ध्यानमग्न देखकर रुक जाता है।)* मामला क्या है विशु?

विशु : *(राजीव से)* ज्योतिषी क्या कहता है, राजीव?

राजीव : कहता है, कोणार्क देवालय ज्यों ही पूरा होगा त्यों ही इसके पत्थरों में पंख लग जाएँगे और सारा मन्दिर आकाश में उड़ जाएगा।...

सौम्यश्री : मैंने भी सुनी थी यह भविष्यवाणी। लेकिन एक परिवर्तन चाहता हूँ।

राजीव : वह क्या तात सौम्यश्री?

सौम्य : मन्दिर उड़ेगा नहीं। नाट्याचार्य सौम्यश्री के संकेत पर जब नट-मन्दिर में देवदासियाँ नृत्य करेंगी तो ताल देने के लिए कोणार्क देवालय ही थिरक उठेगा!...ता थेई, ता थेई...था...

[नृत्य-भंगिमा में पदक्षेप करता है।]

विशु : परिहास की बात नहीं है बन्धु!

सौम्य : विशु, तो क्या तुम सच मानते हो कि कोणार्क के ये भारी पत्थर, ये विशालकाय मूर्तियाँ गगनगामी हो जाएँगी?

विशु : *(विचारपूर्ण मुद्रा)* कह नहीं सकता। पर एक बात अवश्य है। हमने पत्थर में जान डाल दी है, उसे गति दे दी है। *(सोत्साह)* वह भूल रहा है कि वह धरती का पदार्थ है। उसके पैर धरती पर नहीं टिकते। पत्थर का यह मन्दिर आज कल्पना के स्पर्श से हवा की तरह गतिमान, किरण की तरह स्पर्शहीन, सुगन्ध की तरह सर्वव्यापी हो रहा है। लेकिन...लेकिन धरती उसे जकड़े हुए है, ईर्ष्या से।...मुझे लगता है, जैसे अनजाने ही हम लोगों ने पृथ्वी और आकाश के बीच भीषण संघर्ष खड़ा कर दिया है।

सौम्य : पृथ्वी और आकाश के संघर्ष की बात फिर सोचना विशु! उत्कल के पृथ्वीपति की क्रोधाग्नि झेलने का भी कोई प्रबन्ध किया है?

विशु : महाराज श्रीनरसिंहदेव की क्रोधाग्नि? उसे तो करुणा की फुहारें क्षणभर में शान्त कर देती हैं।

सौम्य : लेकिन वही फुहारें जब गर्म तवे पर पड़ती हैं, तो उसकी जलन और भी बढ़ जाती है और फुहारें छू-मन्तर हो जाती हैं।

विशु : तुम्हारा मतलब?

सौम्य : उत्कल-नरेश का क्रोध चाहे क्षणिक भले ही हो, लेकिन महामात्य राजराज चालुक्य उसे प्रज्वलित रखते हैं और उन्होंने दया से पसीजना नहीं सीखा है।

विशु : महामात्य चालुक्य राज्य के सब कुछ नहीं हैं।

सौम्य : तुम भ्रम में हो, बन्धु! महाराज नरसिंहदेव तो वंग प्रदेश में यवनों को पराजित करने में लगे हैं और लोग कहते हैं, राजनगरी में महामात्य ही आजकल सर्वेसर्वा हैं।

राजीव : तात, दूर-दूर से आनेवाले शिल्पी, महामात्य द्वारा किए गए अत्याचारों के समाचार लाते हैं। उनमें से कितनों ही के कुटुम्बों पर महामात्य के अन्याय का हथौड़ा पड़ चुका

है। दिन-प्रति-दिन तरह-तरह की आशंकाजनक खबरें आ रही हैं।

सौम्य : सुना है अब तक महादंडपाशिक के सब अधिकार भी उन्होंने हथिया लिए हैं।

राजीव : तब तो सारे दंडपाशिक* सैनिक उनके अधीन होंगे!

सौम्य : वही तो। राज्यसेना तो वंग प्रदेश में यवनों से लड़ रही है और इधर दंडपाशिक सैनिकों के बल पर महामात्य की शक्ति दिन-प्रति-दिन बढ़ती ही जा रही है।

विशु : किसी की शक्ति बढ़े और किसी की घटे; हमें तो कोणार्क को पूरा करना है।

राजीव : यदि आप धर्मपद की बात सुनें तो शायद अपना विचार बदल डालें, तात।

सौम्य : धर्मपद कौन?

राजीव : एक किशोर शिल्पी। हाल ही में आया है। आयु तो अल्प ही है–शायद 16 वर्ष भी नहीं, किन्तु बुद्धि तीक्ष्ण। आपसे मिलना भी चाहता है।

विशु : क्यों?

राजीव : साफ़ नहीं बताता। विचित्र जीव है। कभी तो मौन हो मन्दिर के कलश की ओर निर्निमेष देखता रहता है और कभी अल्प समय में ही चमत्कारपूर्ण मूर्तियाँ तैयार कर देता है। कीर्तिस्तम्भ पर गायकों के रूप उसी ने उत्कीर्ण किए हैं।

विशु : एक 16 वर्ष के किशोर ने? राजीव, मैं उससे मिलूँगा।

राजीव : कहिए तो अभी बुला लाऊँ। तात, उसकी ओजमयी वाणी में आपको विस्मृत विद्रोह का ताप मिलेगा।

विशु : शिल्पी को विद्रोह की वाणी नहीं चाहिए, राजीव! मेरी कला में जीवन का प्रतिबिम्ब और उसके विरुद्ध विद्रोह, दोनों सन्निहित हैं। तुम उस किशोर को बुला लाओ। मेरी दृष्टि के स्पर्श से उसकी प्रतिभा की गन्ध जाग्रत्

---

* तत्कालीन पुलिस।

सौम्य श्रीदत्त

होकर उसकी वाणी को मौन कर देगी। मुझे उसकी कला चाहिए।

[राजीव का प्रस्थान]

सौम्य : मुझे भी उसकी कला चाहिए।

विशु : क्या उसे नृत्य-संगीत सिखाओगे बन्धु?

सौम्य : नहीं।...सोचता हूँ मेरी मूर्ति तुम तो पूरा करने से रहे! इधर मैं तैयार खड़ा हूँ। यह प्रतिभावान किशोर ही उसे पूरा कर देगा।

विशु : यह कैसे हो सकता है? लाओ अभी पूरा करता हूँ। *(छेनी-हथौड़ी से प्रस्तर-खंड पर अधूरी मूर्ति को पूरा करने में लग जाता है। सौम्यश्री को कभी-कभी सिर उठाकर देखता जाता है। सौम्यश्री तत्पर मुद्रा में खड़ा है।)*

सौम्य : कितनी देर इस वेश-भूषा में खड़ा रहना पड़ेगा?

विशु : थोड़ी ही देर।...जल्दी है।

सौम्य : नहीं।...प्रतिष्ठापन में जितनी ही देरी हो रही है उतना ही समय मुझे मिल जाता है, संगीतक* की तैयारी के लिए।

विशु : तो फिर 'गीतगोविन्द' ही दिखाओगे?

सौम्य : क्या ही अच्छा होता यदि जयदेव ने सूर्यभगवान पर वैसा ही संगीतक रचा होता!

विशु : 'गीतभास्करम्'!

सौम्य : यही नाम मैंने रखा है।

विशु : तो क्या सच भास्कर भगवान पर ही संगीतक प्रदर्शित करोगे?

सौम्य : उससे अधिक समीचीन और कौन चीज़ होगी, कोणार्क के नट-मन्दिर में?

---

* 'संगीतक' शब्द साहित्य में ऐसे प्रदर्शन के लिए प्रयुक्त हआ है, जिसमें संगीत, नृत्य और अभिनय का संयोग हो, जैसे आधुनिक 'ऑपेरा' वाणभट्ट की 'कादम्बरी' में चतुर्भाणी और विद्यापति के 'गोरक्षविजय' नाटक में संगीतकों का उल्लेख मिलता है।

विशु : लेकिन सूर्य भगवान की कथा में वह रमणीयता कहाँ?

सौम्य : है! प्रणय-प्रसंग भी!

विशु : प्रणय-प्रसंग भी?

सौम्य : कुन्ती और सूर्यदेव! लोग समझते हैं कुन्ती ने ऋषि का वरदान जाँचने के लिए सूर्य भगवान का आह्वान किया!... जी नहीं! क्षितिज पर सवेरे की अरुणिमा की भाँति, तेजस्वी सूर्यदेव का मादक स्वरूप, कुन्ती के मानस-गगन के छोर पर खिंच गया। और फिर?–जैसे पूर्व दिशा की लालिमा, मध्याह्न का जगमगाता और प्रचंड ताप बन जाती है, ठीक वैसे ही, दोनों का अनुराग, एक उत्तप्त और विश्वव्यापी विलास बन गया। कोणार्क की युगल मूर्तियों में वही विलास बिखरा पड़ा है–उद्दाम यौवन का वेग, उत्तान शृंगार का उल्लास!...और फिर–

विशु : *(टोकता हुआ)* सौमू! सौमू!

सौम्य : *(उसी धुन में)* और फिर? विलास के बाद वियोग! विशु, मेरे इस संगीतक में जयदेव और कालिदास दोनों का मणिकांचन संयोग होगा, अद्भुत संयोग!...गीतों में गोपियों की विरह-वेदना बूँद-बूँद होकर मर्मज्ञों के हृदय को सालेगी।...और, मुद्राओं में शकुन्तला की विवशता!– अजात सन्तान का भार लिए कुन्ती उपालम्भ करेगी, अपने दिव्य, तेजस्वी प्रेमी–सूर्य देवता के प्रति, उसकी निठुरता, निर्ममता, हृदयहीनता–

विशु : नहीं, नहीं, नहीं! *(छेनी और हथौड़ी को छोड़कर उद्भ्रान्त-सा उठ खड़ा होता है और सौम्यश्री की ओर बढ़ता है।)* यह संगीतक नहीं होगा। कभी नहीं! *(भावावेश में एक कोने की तरफ़ मुड़कर खड़ा हो जाता है। हाथों में मुँह ढँकता हुआ मन्द स्वर में)* नहीं!

सौम्य : यह क्या विशु?...*(निकट जाकर)* क्या बात है।

विशु : *(वही मन्द स्वर)* कुछ नहीं!

सौम्य : बन्धु, मुझसे छिपाओ नहीं! इतना उत्तेजित होते मैंने तुम्हें

पहले कभी नहीं देखा!

विशु : *(कुछ रुककर)* सौमू, उधर देखो! *(जो मूर्ति उत्कीर्ण कर रहा था, उसकी ओर संकेत करता है।)*

सौम्य : *(मूर्ति के निकट जाकर उसे गौर से देखता हुआ)* बहुत भव्य बन पड़ी है मेरी प्रतिमा! अद्भुत है तुम्हारा कौशल!...लेकिन *(और भी गौर से देखता है।)* लेकिन... *(अपने गले में लटके कंठहार को टटोलता हुआ)* कहाँ मेरा यह सीधा-सादा कंठहार और कहाँ उस मूर्ति के कंठाभरण के बीच कंकण पर खुदी कामदेव की मनोहर छवि!

विशु : वह कंकण हाथी दाँत के एक कंकण की नकल है।

सौम्य : देखूँ, कैसा कंकण है वह!

विशु : वह कंकण?...वह कंकण तो किसी हतभाग्य सूर्यदेव ने किसी सम्मोहित कुन्ती को दिया था, सत्तरह बरस हुए।

सौम्य : *(साश्चर्य)* विशु!!

विशु : हाँ सौमू! *(विभोर-सा)* वह वन की कली थी। जंगली शबर जाति की कन्या। चट्टान को फोड़कर बहनेवाली निर्द्वन्द्व, निष्कलुष जलधारा !

सौम्य : शबर कन्या?

विशु : उसका नाम था सारिका ! हमारे नगर में हाट के दिन, अपने गाँववालों के साथ, जंगली छाल, जड़ियाँ बेचने आती!

सौम्य : और नगर की ऊँची अटारी का वासी सूर्य, उस वन-कलिका पर मुग्ध हो गया।

विशु : जैसे स्वर और ताल एक-दूसरे पर रीझते हैं! वह मदभरे पावस-सी उन्मत्त थी, पुष्पावृत कामिनी-तरु-सी सम्पन्न!

सौम्य : लेकिन वह रागिनी टूटी कैसे?

विशु : वही कायरपन की कथा! सूर्यदेव भी तो कायर ही थे?

सौम्य : और कुन्ती भी। तभी तो उसने अपनी सन्तान को गंगा में बहा दिया!

विशु : लेकिन उसने ऐसा नहीं किया होगा, सौमू, कदापि नहीं।

सौम्य : तुमने अपनी सन्तान को देखा था?

विशु : नहीं सौमू। जब मुझे ज्ञान हुआ कि वह माँ बननेवाली है तो कुल और कुटुम्ब के भय ने मुझे ग्रस लिया। नदी पर बढ़ती साँझ की तरह उस भय की तन्द्रा मेरी बुद्धि पर छा गई। और मैं भाग आया, सारिका और उसकी अजात सन्तान से दूर–बहुत दूर–भुवनेश्वर में देव-मन्दिर की छाया में–कला के आँचल में अपना मुँह छिपाने!

सौम्य : *(कुछ सोचकर)* वियोग के बादलों पर सूर्य की किरणें बिखरीं और कला का सतरंगी इन्द्रधनुष सारे उत्कल पर छा गया!...कैसी विडम्बना है विशु, कि तुम्हारी टूटी हुई रागिनी का विषाद ही तुम्हारी चमत्कारपूर्ण कला का वैभव बना।

विशु : *(आविष्ट स्वर)* सौमू, भव्य मन्दिरों को बनानेवाले मेरे ये हाथ सारिका और उसकी सन्तान के लिए एक झोंपड़ी भी न बना सके!

सौम्य : सत्तरह बरस तक जिस आशा पर तुम अपने मन में इस रहस्य को सँजोए रहे वह वृथा नहीं जाएगी विशु!

विशु : आशा?...जंगलों में भटकनेवाली निराश्रिता अविवाहिता माँ और उसके बच्चे से मिलने की आशा?...नहीं सौमू, नहीं!...मुझे प्रायश्चित्त करना होगा।

सौम्य : प्रायश्चित्त? कैसे?

विशु : सौमू, अगर कोणार्क पूरा नहीं हुआ तो उसे नष्ट करना होगा। यही होगा मुझ पातकी का प्रायश्चित।

सौम्य : शिल्पी तुम विष्णु हो, शंकर नहीं। निर्माता हो, संहारक नहीं।...और फिर ये स्तम्भ और ये पाषाण! इन्हें तो भूकम्प ही गिरा सकता है, अथवा काल की गति!

विशु : सौमू, जिन चुम्बक पत्थरों के आकर्षण से, सूर्य भगवान की विशाल मूर्ति निराधार स्थित है, तुमने उन्हें ध्यान से देखा है?

सौम्य : क्या उनमें भूकम्प की शक्ति भरी है?

विशु : सुनो एक रहस्य की बात! ठीक बीच में जो चुम्बक है उसे हटाते ही मूर्ति बड़े वेग से गिर पड़ेगी और भूकम्प की भाँति ही मन्दिर की शिलाएँ और स्तम्भ गिरने लगेंगे और–

[राजीव का प्रवेश। साथ में एक और युवक। आयु लगभग 16 वर्ष। साँवला रंग। उसके दृढ़ कपोल, तेजोमयी आँखें, घुँघराले बाल घोषित करते हैं कि वह असाधारण वृत्ति का व्यक्ति है। तंग अँगरखा और ऊँची धोती पहने है। राजीव के पीछे-पीछे आकर द्वार के निकट खड़ा होता है। जब विशु से बातें करता है, तब उसकी दृष्टि मानो विशु की काया के नीचे अन्तर्हित किसी पुरातन विशु को खोजती है।]

राजीव : आचार्य, यही वह युवक है; धर्मपद।

विशु : तुम! *(धर्मपद प्रणाम करता है।)* सुना है तुम आशु-शिल्पी हो। इतनी छोटी आयु में तुम्हें किस गुरु ने दीक्षा दी?

धर्मपद : किसी ने नहीं आचार्य। मैं शिल्पी बना, क्योंकि मुझे जीवित रहना था।

विशु : कला तुम्हारा जीवन है, यही न?

धर्मपद : जीवन भी है और जीवन-यापन का साधन भी।

विशु : वह सारे जीवन का प्रतिबिम्ब है। देखो, हमारे कोणार्क देवालय को आँखें भरकर देखो। यह मन्दिर नहीं सारे जीवन की गति का रूपक है। हमने जो मूर्तियाँ इसके स्तम्भों, इसकी उपपीठ और अधिस्थान में अंकित की हैं उन्हें ध्यान से देखो। देखते हो, उनमें मनुष्य के सारे कर्म, उसकी सारी वासनाएँ, मनोरंजन और मुद्राएँ चित्रित हैं। यही तो जीवन है।

धर्मपद : क्षमा करें आचार्य, शृंगार-मूर्तियों को देखते-देखते मैं अघा गया हूँ।

सौम्य : अभी से? हँ-हँ! युवक, किसी रमणी के सामने यह बात न कह देना, नहीं तो तुम्हें अविवाहित रहना पड़ेगा।

विशु : *(गम्भीर होकर)* तो तुम उन लोगों में हो, जो इन प्रणय-मूर्तियों में अश्लीलता देखते हैं, जीवन का आदि और उत्कर्ष नहीं?

धर्मपद : जीवन के आदि और उत्कर्ष के बीच एक और सीढ़ी है—जीवन का पुरुषार्थ। अपराध क्षमा हो आचार्य, आपकी कला उस पुरुषार्थ को भूल गई है। जब मैं इन मूर्तियों में बँधे रसिक जोड़ों को देखता हूँ तो मुझे याद आती है पसीने में नहाते हुए किसान की, कोसों तक धारा के विरुद्ध नौका को खेनेवाले मल्लाह की, दिन-दिन भर कुल्हाड़ी लेकर खटनेवाले लकड़हारे की!...इनके बिना जीवन अधूरा है, आचार्य!

विशु : लेकिन कला नहीं। कला की पूर्ति चयन में है—छाँटने में। जंगल में तरह-तरह के फूल, पौधे, वृक्ष चाहे जहाँ उगे रहते हैं, लेकिन उपवन में माली छाँट-छाँटकर सुन्दर और मनमोहक पौधों और वृक्षों को ही रखता है।

धर्मपद : छाँटनेवाली आँखों का खेल है आचार्य! आज की शिल्पी की आँखें वहाँ नहीं पड़ती, जहाँ धूल में हीरे छिपे पड़े हैं।

राजीव : मैं ठीक कहता था न, तात, धर्मपद तर्क-निपुण है?

धर्मपद : मैं तर्क करने नहीं आया हूँ। मैं तो एक ऐसे संसार की ओर आपका ध्यान खींचना चाहता हूँ जो कि आपके निकट होते हुए भी आपकी आँखों से ओझल हो गया है। इस मन्दिर में बरसों से 1200 से ऊपर शिल्पी काम कर रहे हैं। इनमें से कितनों की पीड़ा से आप परिचित हैं? जानते हैं आप कि महामात्य के भृत्यों ने इनमें से बहुतों की ज़मीन छीन ली है; कइयों की स्त्रियों को दासियों की तरह काम करना पड़ा है, और उधर सारे

उत्कल में अकाल पड़ रहा है।

विशु : तुम समझते हो कि हम लोगों को यह सब मालूम नहीं है? लेकिन राज्य की बातों में पड़ना शिल्पियों के लिए अनुचित है।

[बाहर दाहिनी ओर कुछ हलचल, मानो दूर पर अश्वारोही आ रहे हों। राजीव बाहर जाता है।]

धर्मपद : मगर यह भी तो उचित नहीं कि जब चारों ओर अत्याचार और अकाल की लपटें बढ़ रही हों, शिल्पी एक शीतल और सुरक्षित कोने में यौवन और विलास की मूर्तियाँ ही बनाता रहे। अगर मुझे महाशिल्पी के अधिकार मिले होते तो–

सौम्य : तो तुम कोणार्क को अब तक कभी का पूरा कर चुके होते। हँ...हँ...हँ...*(अविश्वास का हास्य)*

धर्मपद : पूरा करना अब भी कठिन नहीं।

[बाहर कोलाहल बढ़ रहा है।]

सौम्य : क्या? धर्मपद तुम भूल रहे हो कि तुम महाशिल्पी आचार्य विशु के सामने खड़े हो। पिछले दस दिन से निरन्तर चेष्टा करने पर भी ये मन्दिर पर कलश को स्थापित नहीं कर सके; और तुम–शास्त्रीय अध्ययन और अनुभव से शून्य–तुम कहते हो, इसे पूरा करना कठिन नहीं! अपनी शक्ति से बाहर की बात न करो युवक!

विशु : *(जो अब तक मौन हो इस वार्तालाप को सुनता रहा है।)* नहीं सौम्य, उसे अपनी बात पूरी कहने दो। बोलो युवक, क्या तुम अम्ल के ऊपर शिखर को स्थापित कर सकते हो? करोगे?...सोच-समझकर उत्तर दो। यह साधारण समस्या नहीं है।

[इतने में कोलाहल बहुत बढ़ जाता है। तेज़ी के साथ राजीव का प्रवेश।]

राजीव : *(हाँफते हुए)* आचार्य! महामात्य चालुक्य आ रहे हैं।

विशु :
सौम्य : } चालुक्य!!
धर्मपद :

विशु : चालुक्य? यहाँ आ रहे हैं, बिना पूर्व-सूचना दिए?

राजीव : जी हाँ। कई अश्वारोही साथ हैं। *(बाहर तुरही की आवाज़)* सुनिए!

[दूर से उच्च स्वर में प्रतिहारी बोलता है–"सावधान, सावधान, श्री महामात्य महादंडपाशिक राजराज चालुक्य पधारते हैं, सावधान !"]

सौम्य : महादंडपाशिक! सुना तुमने, विशु? *(खिड़की से झाँकता है।)*

विशु : ऐसी जल्दी में महामात्य का हम यथोचित स्वागत कैसे कर सकते हैं ? राजीव, अन्दर से वेत्रासन तो ले आओ! *(राजीव बाईं तरफ़ जाता है और एक वेत्रासन लेकर लौटता है।)* युवक, तनिक इस तोशक और चादर को भलीभाँति रख दो। *(धर्मपद चौकी के तोशक इत्यादि को ठीक करता है।)* सौम्य, महामात्य प्राचीर के अन्दर आ गए?

सौम्य : *(खिड़की से मुँह हटाते हुए)* वे यहीं सीधे आ रहे हैं, विशु! *(रुककर)* महामात्य का इस तरह सहसा आना मुझे अच्छा नहीं लगता, विशु!

[नेपथ्य से निकट आता हुआ स्वर "सावधान, सावधान"]

राजीव : आचार्य! वे आ गए–

[दो प्रतिहारियों का प्रवेश। प्राचीन भटों का वेश, कन्धों पर गदा या खड्ग। अन्दर आकर द्वार के दोनों ओर खड़े हो जाते हैं। उसके बाद महामंत्री

चालुक्य आते हैं। पुष्टकाय, आयु लगभग 45, मुख पर क्रूर मुद्रा, बड़ी-बड़ी मूँछें। नेत्र छोटे हैं और बातें करते समय और संकुचित लगते हैं। बातचीत के वक़्त भौंहें सिकुड़ जाती हैं और बाएँ हाथ से ठुड्डी को सहलाते भी हैं। पोशाक–पुराने ढंग से बाँधी हुई धोती, रेशमी उत्तरीय, सुवर्ण-पट मस्तक पर, बाजू पर एक बाजूबन्द, कमर में कटार। उत्तरीय कुछ लटक रहा है और एक हाथ से उसे पकड़ते हुए वेग से अन्दर आते हैं और अभ्यर्थना की उपेक्षा करते हुए बैठ जाते हैं। धर्मपद बीचवाले दरवाज़े के पास खड़ा है; सौम्यश्री खिड़की के पास, राजीव दरवाज़े के निकट और विशु सब के बीच में कुछ आगे। सभी लोग झुककर महामात्य को प्रणाम करते हैं। कुछ क्षण के लिए स्तब्धता।]

चालुक्य : *(कमरे के सभी व्यक्तियों पर सरसरी निगाह डालकर फिर विशु पर आँखें ठहरा देते हैं।)* तुम जानते हो विशु, मैं क्यों इस तरह सहसा आया हूँ?

विशु : आर्य के आने की कोई पूर्व सूचना नहीं मिली–

चालुक्य : सूचना देता, तो तुम लोगों का भंडाफोड़ कैसे होता?

विशु : जी?

चालुक्य : राजनगरी में मैंने ठीक सुना था कि कोणार्क में राज्यकोष का धन नष्ट हो रहा है। न शिल्पी लोग ठीक काम कर रहे हैं, न मजदूर। दस दिन हो गए, कलश तक स्थापित न हो सका।

विशु : हम लोग बराबर उसी की चेष्टा में लगे हुए हैं।

चालुक्य : *(मुँह बनाते हुए)* चेष्टा में लगे हुए हैं...यहाँ तो मैं देखता हूँ गप्पें हो रही हैं। *(सहसा धर्मपद पर दृष्टि पड़ जाती है, इशारा करते हुए)* और यह युवक यहाँ क्यों खड़ा है?

धर्मपद : मैं? मैं आचार्य के सामने शिल्पियों की दुख-गाथा कह रहा था।

चालुक्य : शिल्पियों की दुख-गाथा? प्रतिहारी, इसे धक्का देकर बाहर निकालो। मुफ़्तखोर कहीं का।

धर्मपद : मैं आप ही जाता हूँ। *(बीचवाले दरवाज़े से प्रस्थान, आहत अभिमान की मुद्रा।)*

विशु : महामंत्री, आपके शब्द बहुत कटु हैं। उसे तो मैंने ही–

चालुक्य : कटु शब्द! *(पैशाचिक हास्य)* अब कटु शब्दों से काम नहीं चलेगा विशु। मैंने सुना है कि शिल्पी लोग राज्य के विरुद्ध सिर उठा रहे हैं, सुवर्ण मुद्राओं में वेतन माँगते हैं, और–

सौम्य : महामात्य, आपको किसी ने बढ़ाकर खबर दी है। सुवर्ण मुद्रा भला ये बेचारे क्या माँगेंगे? हाँ, यह अवश्य है कि इस अकाल के समय उनके कुटुम्बों पर महान कष्ट आ पड़ा है।

चालुक्य : देखता हूँ नाट्याचार्य, तुम भी इन लोगों से मिले हुए हो। मन्दिर पूरा होना तो अलग रहा, यहाँ–तुम लोग मिलकर राज्य पर दबाव डालने के लिए अभिसन्धि कर रहे हो। इसे–

विशु : महामंत्री, मेरी भी सुनिए–

चालुक्य : चुप रहो। मैं तुम जैसे लोगों को राह पर लाने की युक्ति भलीभाँति जानता हूँ। *(खड़ा हो जाता है)* विशु, बरसों से बिन-माँगी प्रशंसा सुनते-सुनते तुम अपने को दंडविधान से परे समझने लगे हो। आज मैं तुम्हारे इस घमंड को चूर करने ही आया हूँ।...सुन लो और कान खोलकर सुन लो! आज से एक सप्ताह के अन्दर यदि कोणार्क देवालय पूरा न हुआ; तो *(कुछ रुककर, शब्दों पर जोर देते हुए)* तुम लोगों के हाथ काट दिए जाएँगे।

[भयाक्रान्त नीरव।]

विशु : *(अविश्वासपूर्ण स्वर में)* शिल्पियों के हाथ काट लिए जाएँगे?

चालुक्य : *(सरोष)* हाँ, शिल्पियों के हाथ काट लिए जाएँगे। आज से आठवें रोज़ या तो मन्दिर में सूर्यदेव की मूर्ति का प्रतिष्ठापन होगा या तुम बारह सौ व्यक्तियों की भुजाओं पर प्रहार।

[द्वार की ओर बढ़ता है, प्रतिहारी भी प्रस्थानोन्मुख होते हैं।]

विशु : इतना भीषण दंड?...क्या यही उत्कल-नरेश की आज्ञा है?

चालुक्य : *(रुकता हुआ)* हाँ, हाँ। महाराज नरसिंहदेव की आज्ञा है?...और मेरी, महादंडपाशिक की आज्ञा है। *(चलते समय सब लोगों पर क्रूर दृष्टि डालते हुए)* उत्कल-नरेश...। हूँ।

[प्रस्थान। पदचाप। थोड़ी देर बाद नेपथ्य से दूर होता हुआ स्वर "सावधान, सावधान, महादंडपाशिक राजराज चालुक्य पधारते हैं– सावधान, महामात्य" ...स्वर मन्द हो जाता है। इधर सब लोग चुप खड़े हैं–चिन्तित।]

राजीव : *(नीरव तोड़ते हुए भीत स्वर में)* अब क्या होगा?

[विशु अचेतन-सा चौकी पर बैठ जाता है।]

सौम्य : राजनगरी में अपराधियों के हाथ कटते मैंने देखे हैं। बड़ी पीड़ा होती है।

विशु : *(मानो सपने में)* उत्कल-नरेश की आज्ञा? महाराज मेरी बरसों की सेवाओं पर इतना भीषण कुठाराघात करेंगे।

सौम्य : क्या मालूम उत्कल-नरेश की आज्ञा है, या महामात्य का अपना उत्पात ! हमारे पास साधन भी नहीं, समय भी तो नहीं कि महाराज के मन की बात जान सकें। वे अभी तक वंग-विजय के उपरान्त लौटे भी नहीं हैं।

राजीव : सात दिन!—केवल सात दिवस के बाद हम सबों के हाथ काट लिए जाएँगे?

सौम्य : ये हाथ... *(काँपकर हाथों को देखता हुआ)* ये हाथ!

[सूखी हँसी]

राजीव : क्या कोई उपाय नहीं आचार्य?

[पीछेवाले द्वार से धर्मपद आता हुआ दृष्टिगोचर होता है।]

धर्मपद : *(आते-आते)* एक उपाय है। *(सब लोग उसकी ओर देखने लगते हैं।)*

सौम्य : धर्मपद!

राजीव : तुम फिर आ गए? तुमको तो...

विशु : *(क्षुब्ध स्वर में)* युवक, वह तुम्हारा अपमान नहीं, मेरी प्रतारणा थी।

धर्मपद : आचार्य, ठोकर खाकर धूल सिर पर चढ़ती है।

सौम्य : सिर पर चढ़ने के सपने छोड़ दो युवक! कोणार्क के प्रांगण में सात रोज़ बाद उत्कल के समस्त शिल्पियों का रक्त बहेगा।

धर्मपद : मैंने सुना है। मैं बाहर पास ही खड़ा था।

विशु : युवक, विनाश का वह सन्देश अपने साथियों को भी सुना दो, मुझमें साहस नहीं कि उस विकराल घड़ी के लिए उन्हें तैयार कर सकूँ।

धर्मपद : निर्दय अत्याचार की छाया में ही जो विकसते और मुरझाते हैं, उनको एकाध विपत की घड़ी के लिए तैयार

होने की ज़रूरत नहीं आर्य।... लेकिन मैं कहता हूँ इसकी नौबत ही क्यों आए?

विशु : मेरी बुद्धि काम नहीं दे रही है।

धर्मपद : मुझे अवसर दें आचार्य!

विशु : तुम्हें?

धर्मपद : महामंत्री के आने से पहले आपने मुझसे पूछा था– 'क्या तुम अम्ल के ऊपर शिखर को स्थापित कर सकोगे?' मेरा उत्तर है आचार्य कि मुझे अवसर दिया जाए।

विशु : यदि अवसर दिया जाए तो तुम क्या करना चाहोगे?

धर्मपद : आचार्य, मुझे लगता है कि कोणार्क के कमल की पँखुड़ियाँ उलटी हैं। उन्हें उलट देने पर कलश शायद ठहर सकेगा।

सौम्य : कोणार्क का कमल?

राजीव : तुम्हारा मतलब छप्र के ऊपर कमलाकार अम्ल से है?

धर्मपद : जी! यदि इसके हरेक पटल को फिर से इस तरह रखा जाए कि बाहरी हिस्सा है वह अन्दर केन्द्र पर हो और जो नुकीला भाग है, वह बाहर निकले तो उसकी आकृति खिले कमल की-सी हो जाएगी, कली की-सी नहीं। लेकिन कलश स्थिर रहेगा।

विशु : *(मानो अन्धे को टिमटिमाता प्रकाश दीखा हो)* युवक! तुम्हारी बात सारहीन नहीं जान पड़ती। अम्ल के केन्द्र पर शायद अधिक भार देने से कलश की यष्टि को सहारा मिले। *(विचारमग्न-मुद्रा।)*

धर्मपद : *(खड़िया से एक पत्थर पर जल्दी-जल्दी आकृति खींचता हुआ)* मेरे मन में जो चित्र है उसे यों पूरी तरह तो नहीं समझा सकता किन्तु, देखिए, अम्ल का आकार यदि कुछ इस तरह का हो तो–*(राजीव और विशु धर्मपद के निकट आकर रेखाचित्र का अवलोकन करते हैं।)*

विशु : *(ध्यानमग्न मुद्रा में कुछ दूर हटते हुए)* हूँ।...इस बात में कुछ तथ्य है।...शायद...शायद अम्ल के बाहरी भाग पर इस समय अनुपात से अधिक भार है।...अगर...अगर...हम उस भाग को हलका कर सकें! तुम ठीक तो कहते हो युवक (खड़े होते हुए), तुम ठीक कहते हो।... भार को हलका करने के लिए अगर पटल को अन्तर्मुखी कर दिया जाए तो सम्भव है, सम्भव है,...सम्भव!! *(कलाकार की भावना चरम बिन्दु पर पहुँच गई है)* धर्मपद, चलो मेरे साथ, अभी चलो। हम छप्र के ऊपर चढ़कर अभी तैयारी करेंगे—पटल बदलने की। अभी! *(मध्यद्वार की ओर बढ़ता है)*

धर्मपद : ठहरिए!

विशु : *(मानो स्वप्न भ्रष्ट हुआ हो)* ऐं!

धर्मपद : ठहरिए!...यदि मेरी युक्ति सफल हो जाए और कोणार्क के शिखर को हम स्थापित कर सकें, तो मुझे क्या मिलेगा?

विशु : तुम क्या चाहते हो? जो कुछ मेरे हाथ है तुम्हें दूँगा।

धर्मपद : मैं चाहता हूँ यदि शिखर पूरा हो जाए, तो एक दिन के लिए सिर्फ़ एक दिन के लिए—मन्दिर-प्रतिष्ठापन के दिन—आप अपने सब अधिकार मुझे दे दें।

विशु : अगर कोणार्क पूरा हो जाता है, तो एक दिन क्या, सभी दिनों के लिए वे अधिकार तुम्हारे हो जाएँगे। मैं तुम्हें अपने स्थान पर प्रधान शिल्पी बना दूँगा।

राजीव : यह आप क्या कह रहे हैं, महाशिल्पी?

सौम्य : (साश्चर्य) विशु?

विशु : मैं ठीक कह रहा हूँ। इस युवक की प्रतिभा ने मुझे मुग्ध कर लिया है। राजीव, तुम नहीं जानते। मुझे प्रधान के पद से कोई मोह नहीं। मोह है तो यही कि कोणार्क पूरा हो जाए।...आज इस युवक ने ठंडी होती हुई राख को फूँक मारकर प्रज्वलित कर दिया है। मेरे हाथ, मेरी

भावनाएँ इसी क्षण कोणार्क को पूरा करने के लिए आतुर हैं।...चलो युवक!

[धर्मपद का हाथ पकड़कर मध्यद्वार से सवेग प्रस्थान]

[पटाक्षेप]

उपकथन

[झीने अन्धकार में उपक्रम ही की भाँति विराट नेपथ्य संगीत। उसी भाँति थोड़ी देर में संगीत हठात् रुक जाता है। पूर्ण मौन। प्रकाश सूत्रधार और वाचिकाओं पर पड़ता है, और एक-एक करके जब वे बोलते हैं तो बोलनेवाले पर प्रकाश प्रखर हो जाता है।]

पहली वाचिका

अहा!
धर्मपद ही आशा का तट,
ज्योति के चरणों की आहट—

दूसरी वाचिका

अँधेरे के अधरों पर हास—
मुखर विशु के उर में उल्लास।

पहली वाचिका

सत्य का आशा है द्युतिमान?

दूसरी वाचिका

अथवा?

पहली वाचिका

क्षितिज पर चुपके घिरता मेघ!

दूसरी वाचिका

क्रूर उसकी दामिनी-मुस्कान

सूत्रधार

कौन जाने? कौन जाने?

लेकिन आज, पन्द्रह दिवस बाद, आज तो निश्चय ही–
कोणार्क के पूरे हुए शिखर पर, जागरण की ज्योति निखरी है;

क्योंकि स्वयं कलिंग-नरेश, यवनावनिवल्लभ, महाराज नरसिंहदेव पधारे हैं–मन्दिर के प्रतिष्ठापन के लिए!

और विशु? सृजन के बवंडर ने जिस गगन-मंडल को झकझोर दिया था–

वही आज–

पूर्ति की स्निग्धता में आभासित है।

वह सुनो, कलिंग-नरेश के जय-जयकार से कोणार्क का प्रांगण

गूँज रहा है!

जय-जय, महाराज नरसिंहदेव की जय!

[प्रत्युत्तर में नेपथ्य से अनेक स्वरों में "महाराज नरसिंहदेव की जय!" सूत्रधार और वाचिकाओं का प्रस्थान। नेपथ्य में जय-जयकार जारी रहता है। अन्धकार का लोप और–]

उत्कल-नरेश नरसिंहदेव
(कोणार्क के ध्वंसावशेषों में प्राप्त एक मूर्ति के आधार पर)

द्वितीय अंक

[महाशिल्पी विशु का वही कक्ष। मध्याह्नकाल। कक्ष पहले की अपेक्षा अधिक सुव्यवस्थित है। वातायन और द्वार में से तोरण एवं पताकाओं से सुशोभित मन्दिर की आभा उत्कल-नरेश की उपस्थिति को घोषित करती है।

वसन और आभूषण भव्य होने के साथ-साथ नरसिंहदेव के व्यक्तित्व में दर्प और आत्मीयता का आकर्षक मिश्रण है।

अपने पराक्रम से यवन सूबेदार को पराजित करनेवाला यह सैनिक-नरेश— इस समय कलाकार की विभूति, कोणार्क—को तैयार देखकर विभोर है। कभी चौकी पर बैठकर विशु इत्यादि से बातें करते हैं, कभी प्रसन्न मुद्रा से मन्दिर की छवि का अवलोकन करते हैं।

पार्श्व में विशु, अन्य शिल्पी तथा नाट्याचार्य इत्यादि खड़े हैं। उनके पीछे उत्कल- नरेश के रहस्याधिकारी महेन्द्र वर्मन हैं—हाथ में एक मंजूषा लिये हुए।]

विशु : कोणार्क के इस कोने में कलिंग-नरेश का स्वागत है।

नरसिंह. : इस स्वागत के लिए हम बहुत दिनों से लालायित थे। विशु, कोणार्क को पूरा करके तुमने हमारे और उत्कल के गौरव को बढ़ाया है।

विशु : वही गौरव तो पत्थर के शृंगार में निखरा है महाराज!

नरसिंह. : पत्थर। *(मन्दिर पर दृष्टि)* यहाँ निकट से देखने पर तो प्रतीत होता है, मानो तुमने किसी जौहरी के गढ़े अलंकारों को पाषाण बना दिया हो। और दूर से इस विमान और जगमोहन के शिखर हिमाचल की चोटियों की स्पर्द्धा

करते जान पड़ते हैं...। महेन्द्र!

महेन्द्र : आज्ञा, देव!

नरसिंह. : राजकवि विश्वनाथ से कहो, अपने 'साहित्यदर्पण' में कोणार्क का प्रतिबिम्ब खोजें।

महेन्द्र : सागर ही जिसका प्रतिबिम्ब है, राजकवि का 'दर्पण' उसकी झलक पा सकेगा, देव!

नरसिंह. : तो राजगायक चन्द्रधर से कहो, इस अद्‌भुत रागिनी की प्रतिध्वनि को अपने गान में बाँधे।

महेन्द्र : जल-निधि की स्वर-लहरियाँ ही जिसकी गूँज है, उस रागिनी को कौन गायक बाँध सकेगा देव?

नरसिंह. : विशु, जानते हो, यही वह गूँज थी, जो हमें वंग-प्रदेश में यवनों को पराजित करते समय रणभेरी में सुनाई दी थी।

विशु : देव, कलाकार की रागिनी मर्मज्ञ के कर्णपुटों को ही खोजती है।

नरसिंह. : विजय के तुरन्त बाद हम अपनी सारी सेना को वंग-प्रदेश में ही छोड़कर राजधानी को लौट पड़े। कोणार्क का सम्मोहन व्याध की वंशी था और हम थे विवश मृग।

सौम्य : तो क्या उत्कल-नरेश की विजयी सेना और महासेनापति प्रतिष्ठापन के अवसर पर न आ सकेंगे, महाराज?

महेन्द्र : वे लोग अभी वंग-देश में ही हैं।

नरसिंह. : किन्तु महामात्य की अपनी दंडपाशिक सेना तो पीछे आ ही रही है। हमने महामात्य को आदेश दिया था कि कोणार्क के उद्‌घाटन पर राज्य का सम्पूर्ण वैभव प्रदर्शित किया जाए।

विशु : महाराज की कला-मर्मज्ञता मुझे विह्वल किए दे रही है।

नरसिंह. : विह्वल हम हो रहे हैं विशु! यहाँ से तीन कोस पर मन्दिर की गगनचुम्बी पताका को देखकर हम बालकों की भाँति अधीर हो उठे। उसी समय महामंत्री बोले कि उनके रथ की धुरी टूट गई है। वे पीछे ठहर गए, किन्तु हममें इतना धैय कहाँ जो रुक सकते।

सौम्य : महाराज, मूर्ति-प्रतिष्ठापन तो महामात्य के आने पर ही होगा? मन्दिर के जगमोहन और नट-मन्दिर में पुजारी-वृन्द, और मेरी नृत्य-मंडली प्रस्तुत है।

नरसिंह. : महामात्य को आने दो! उनके आने में अधिक विलम्ब न होगा।... और इस बीच में हम चाहते हैं कि मूर्ति-वन्दना से पूर्व ही हम कोणार्क के निर्माता, अपने प्रधान शिल्पी का, उन्हीं के कक्ष में उचित रीति से समादर करें।... *(रहस्याधिकारी से)*–महेन्द्र, लाओ तो वह रत्न-माला! *(रहस्याधिकारी मंजूषा में से भव्य रत्न-माला निकालकर महाराज को देते हैं।)* महाशिल्पी विशु, आगे बढ़ो और यह रत्न-माला हमारे हाथों से अपने–

विशु : ठहरिए देव! इस रत्न-माला का अधिकारी मैं नहीं हूँ।

नरसिंह. : *(विस्मित)* विशु, यह तुम्हारी विनम्रता है या हर्ष के अतिरेक से तुम विक्षिप्त हो गए हो?

विशु : तनिक ठहरें देव! *(खिड़की के निकट जाकर पुकारता है।)* धर्मपद अन्दर आओ।

महेन्द्र : यह आप क्या कर रहे हैं, महाशिल्पी?

[धर्मपद का प्रवेश। संकोच और अवरुद्ध भावावेश की भंगिमा]

विशु : देव, इस रत्न-माला का अधिकारी यह युवक है। आज के दिन यही प्रधान शिल्पी है।

नरसिंह. : *(किंचित् तीव्र स्वर)* प्रधान शिल्पी? हमने प्रधान शिल्पी इस युवक को नहीं, तुम्हें बनाया था, विशु!

विशु : किन्तु मैंने आज अपना पद इस युवक को अर्पित कर दिया है।

नरसिंह. : *(और कड़ा स्वर)* तुम अपनी सीमा के बाहर जा रहे हो विशु!

विशु : देव, यदि यह युवक न होता, तो आज हम लोग मूर्ति प्रतिष्ठापन के लिए प्रस्तुत न होते।

नरसिंह. : यह कैसी पहेली?

राजीव : महाराज ने सुना होगा कि मन्दिर के ऊपरी भाग–त्रिपटधर को स्थापित करने में बहुत विलम्ब हुआ था।

महेन्द्र. : *(महाराज से)* देव को यह सूचना मैंने वंग-देश में ही दी थी।

नरसिंह. : उससे क्या? विशु को अनेक भवनों के निर्माण में ऐसी समस्याएँ सुलझानी पड़ी हैं।

विशु : देव का कथन सत्य है। किन्तु इस समस्या ने मेरी प्रतिभा का अपहरण कर लिया था।

राजीव : चाहे जैसे नाप-जोख करके हम विमान के ऊपर शिलाएँ रखते, वे सब नीचे आ पड़ती थीं। शिल्पीगण निराश हो चले थे और महाशिल्पी विशु अपने स्वप्न को अधूरा देख व्याकुल थे। चारों ओर अन्धकार था, चारों ओर उदासी!

विशु : ऐसे समय में पावस की वातास की भाँति तृषित भूमि में यह युवक आ पहुँचा, इसकी अद्वितीय सूझ मेरे लिए आकाशवाणी बनी, खोए राही का पथ-प्रदर्शन हुआ। और सात दिन में ही इसके अनवरत परिश्रम और प्रतिभा ने कोणार्क के शिखर को पूरा कर दिया।

नरसिंह. : हम चकित हैं! *(धर्मपद से)* युवक! जब महाशिल्पी विशु तुम्हारा लोहा मानते हैं, तो हम अविश्वास कैसे करें? इस अल्पायु में ही जो इतना अद्वितीय प्रतिभाशाली हो, ऐसे शिल्पी का हम सहर्ष स्वागत करते हैं।

धर्मपद : यह दास उत्कल-नरेश का आभारी है। यदि मेरी बुद्धि और प्रयास के द्वारा बारह सौ व्यक्तियों–

विशु : *(उसे रोकते हुए)* धर्मपद!

धर्मपद : आचार्य, आपने वचन दिया था कि आज के दिन मुझे आपके सब अधिकार मिलेंगे–

नरसिंह. : उसे कहने दो विशु! हम उसकी बात सुनना चाहते हैं।

धर्मपद : मैं केवल इतना कह रहा था कि मुझे तो सन्तोष इस

बात पर है कि मेरे कारण बारह सौ शिल्पी अपंग होने से बच गए।

नरसिंह. : युवक, तुम्हारा क्या आशय है?

सौम्य : महाराज की आज्ञा थी न कि यदि सात दिन के अन्दर कोणार्क पूरा न होगा, तो सारे शिल्पियों के हाथ काट लिए जाएँगे?

नरसिंह. : हमारी आज्ञा?

विशु : तो यह आपकी आज्ञा नहीं थी? *(उत्सुक)* कह दीजिए देव, कह दीजिए कि महामात्य राजराज चालुक्य के शब्द झूठे थे।

महेन्द्र. : महामात्य!

नरसिंह : चालुक्य ने तुमसे कहा?...ओह... *(कुछ सोचकर फिर किंचित् हँसते हुए)* उन्होंने शायद तुम्हें यूँ ही धमकी दी होगी। उनका अभिप्राय तुम लोग नहीं समझे।

धर्मपद : अभिप्राय को समझना उन लोगों के लिए कठिन नहीं था, जिनके जीवन पर काले बादलों की छाया की तरह महामंत्री का भय फैला हुआ है।

नरसिंह. : कौन हैं वे?

धर्मपद : वे ही, जो उच्च सम्मिलित स्वर में कुछ ही देर हुए आपकी जय-जयकार कर रहे थे, देव–वे अपने को मिटाकर सौन्दर्यमयी दुनिया बनानेवाले शिल्पी और...।

नरसिंह. : हमें तो उनके स्वर में बहुत उल्लास जान पड़ा।

धर्मपद : देव, झुरमुट की ओट में चहकनेवाले पक्षी का स्वर सर्वदा हर्षगान ही नहीं होता। आपको क्या मालूम कि उस जय-जयकार के पीछे हाहाकार चुपचाप सिसक रहा था?

नरसिंह. : युवक, तुम्हारी बातें हमें नई और अपरिचित-सी जान पड़ती हैं।

धर्मपद : देव, ये उनकी बातें हैं, जो बोल नहीं सकते।

महेन्द्र : युवक, महाराज के सम्मुख शिष्टता से बातें करो।

धर्मपद : मेरी धृष्टता क्षमा करें देव! मैं साधारण शिल्पी, राज-दरबार

के नियमों से अपरिचित हूँ। कोणार्क पूरा करते समय मैंने आचार्य विशु से यही पुरस्कार माँगा था कि वे त्रस्त शिल्पी की व्यथाएँ उत्कल-नरेश के सामने मुझे रखने दें।

नरसिंह. : शिल्पी और त्रस्त। सौन्दर्य के प्रणेता को क्या पीड़ा है? हम उसका निवारण करेंगे।

धर्मपद : अगर महाराज का ऐसा ही विचार था, तो कारीगरों को मुद्राओं का पुरस्कार देना क्यों बन्द किया गया देव?

नरसिंह. : *(विस्मित)* मुद्रा देना बन्द किया गया? कब से?

राजीव : महाराज को नहीं मालूम! तीन मास से तो यही आज्ञा–

विशु : *(हर्षमिश्रित उत्सुकतापूर्वक)* देव को नहीं मालूम? सच! कह दीजिए न देव, कह दीजिए कि महामात्य की यह आज्ञा भी उन्हीं का प्रमाद था।

महेन्द्र : महामात्य!

नरसिंह. : चालुक्य को यह क्या सूझी?...रहस्याधिकारी, कोषाध्यक्ष को आज ही आज्ञा दो कि शिल्पियों को जितनी मुद्राएँ मिलनी हैं, कल ही बाँट दें, और इसके अतिरिक्त प्रत्येक को दस-दस सुवर्ण-मुद्राओं का पुरस्कार मूर्ति प्रतिष्ठापन के उपलक्ष्य में दें।

[महेन्द्र का 'जो आज्ञा' कहकर प्रस्थान]

धर्मपद : *(सोल्लास)* जय-जय महाराजश्री नरसिंहदेव की जय! *(विशु और सौम्यश्री इत्यादि के साथ)* जय, जय, जय।

[नेपथ्य से अनेक स्वरों में 'जय उत्कल-नरेश की जय–जय, जय'।]

नरसिंह. : जो पत्थर को जीवन-दान दे, उसके जीवन-स्रोत को हम अजस्र देखना चाहते हैं।

धर्मपद : महाराज के वचन सार्थक हों, यही हमारी भी कामना है।

नरसिंह. : कामना क्यों! आज हम कोरी कामना नहीं, पूर्ति का आयोजन कर रहे हैं। युवक, तुम निर्भय होकर हमारी

उन्मुक्त जाह्नवी के भगीरथ बनो।

धर्मपद : देव, अनेक शिल्पी अपने-अपने ग्रामों में स्त्री-बच्चों को थोड़ी-सी ज़मीन और खेती के सहारे छोड़कर आए हैं। वही मूल जीवन-स्रोत सूख रहा है।

नरसिंह. : क्यों?

राजीव : राजाज्ञा है न कि वंग-देश में सेना भेजनेवाले सामन्तों को उपहारस्वरूप यही ज़मीन दे दी जाए?

नरसिंह. : यही ज़मीन? ऐसी आज्ञा तो हमने कभी नहीं दी।

विशु : नहीं दी, *(सहर्ष)* मैं कहता था न सौम्यश्री, महाराज शिल्पी के प्रति इतने हृदयहीन हो ही नहीं सकते।

सौम्य : तो यह भी महामात्य की ही स्वेच्छा थी।

नरसिंह. : महामात्य? जान पड़ता है वंग-देश में हमारी लम्बी अनुपस्थिति के दिनों में राजराज चालुक्य बिना सोचे-समझे शिल्पियों से विरक्त हो गए। हम उनका भ्रम दूर करेंगे। राजधानी लौटने पर शिल्पियों के कुटुम्बों को उनकी ज़मीन लौटाने की आज्ञा दी जाएगी। सामन्तों के लिए दूसरा प्रबन्ध किया जाएगा।

विशु : देव! आपके इस अनुपम अनुग्रह ने आज कोणार्क की शोभा को द्विगुणित कर दिया।

नरसिंह. : हम नहीं चाहते कि इस सौन्दर्य-सदन पर किसी भी कालिमा की छाया रहे।

धर्मपद : यदि महाराज की यही भावना रही, तो भविष्य उज्ज्वल ही रहेगा।

नरसिंह. : तुम फिर भविष्य की बात कर रहे हो युवक! हम तो आज ही, अभी, कोणार्क को हर्ष और उल्लास का प्रतीक देखना चाहते हैं।

धर्मपद : क्षमा करें देव! न जाने कितनी आहें हमारे इस सौन्दर्य-सदन के चरणों और चोटी से टकरा-टकराकर बिखर रही हैं।

नरसिंह. : किसकी आहें?

धर्मपद : महामात्य के अत्याचार से प्रपीड़ित जनता की।

नरसिंह. : शिल्पियों के प्रति उनके भ्रम को हम दूर कर देंगे।

धर्मपद : किन्तु ग्रामों में रहनेवाले सैकड़ों-हज़ारों किसान, वन और अटीविका के शवर और वे अगणित मजदूर, जिनके ढोए हुए पाषाणों को हम शिल्पी रूप देते हैं, देव, वे सभी आज त्राहि-त्राहि कर रहे हैं। यदि वे बोल पाते तो–*(रुक जाता है।)*

नरसिंह. : तो?

धर्मपद : तो महाराज से केवल एक वरदान माँगते।

नरसिंह. : क्या?

धर्मपद : महामात्य का पद किसी प्रजावत्सल महानुभाव को दिया जाए।

नरसिंह. : युवक, तुम अपनी परिधि के बाहर जा रहे हो।

धर्मपद : अपराध क्षमा हो, देव!

नरसिंह. : अपने मंत्रियों को नियुक्त करने या निकालने में हम सामन्तों और श्रेष्ठियों से सलाह लेंगे, शिल्पियों से नहीं।

विशु : यही तो मैं इसे समझा रहा था, देव! शासन के मामलों में पड़ना हम शिल्पियों के लिए अनधिकार चेष्टा होगी।

नरसिंह. : राजराज चालुक्य हमारे विश्वस्त महामात्य ही नहीं, हमारे पड़ोसी राज्य से भी सम्बद्ध हैं। उन्हीं पर भीतरी शासन का भार देकर हम यवनों को पराजित करने के लिए वंग-देश तक जा सके। तुम लोग इन बातों को क्या समझो?

धर्मपद : किन्तु प्रजा की अशान्ति, देव?

नरसिंह. : हम महामात्य को आदेश देंगे कि कोई अनुचित बात न होने दें। राज्य के स्तम्भ तो सामन्त और श्रेष्ठीगण हैं, किन्तु निर्धन प्रजा को सुखी रखने में ही हमारी कीर्ति है।

सौम्य : महामात्य को आने में बहुत देर हो रही है देव!

नरसिंह. : हाँ! रथ की धुरी ठीक होने में इतना विलम्ब तो नहीं होना चाहिए था। प्रतिहारी!

[नेपथ्य में सत्वर पदचाप]

प्रतिहारी : आज्ञा देव!

नरसिंह. : बाहर जाकर देखो, वे लोग आते दीखते हैं या नहीं?

प्रतिहारी : जो आज्ञा *(प्रस्थान)*

विशु : देव, रहस्याधिकारीजी आते जान पड़ते हैं।

[महेन्द्र का तीव्र गति से प्रवेश]

नरसिंह. : क्या है महेन्द्र?

महेन्द्र : *(चिन्तित स्वर में)* महामात्य तो अभी तक नहीं आए देव! किन्तु कुछ लोग आते दीख पड़ते हैं।

नरसिंह. : वही होंगे। कितनी दूर हैं?

महेन्द्र. : निकट ही। किन्तु वे लोग आ रहे हैं पश्चिम से ही नहीं, उत्तर और दक्षिण से भी। अनेक रथ और सैनिक। धूल आकाश तक फैल रही है।

नरसिंह. : जान पड़ता है महामात्य ने मांडलिकों और सामन्तों को भी आज के समारोह में सम्मिलित होने के लिए बुला रखा है।

महेन्द्र. : किन्तु इस निमंत्रण को महाराज से गुप्त रखने का आशय?

नरसिंह. : कौतुक!

महेन्द्र. : नहीं देव!

नरसिंह. : तब?

महेन्द्र. : *(रहस्यपूर्ण मुद्रा और गहरा स्वर)* षड्यंत्र!

नरसिंह. : *(चौंककर)* महेन्द्र!

महेन्द्र. : सारी दंडपाशिक सेना तो महामात्य के अधिकार में है, देव! मैंने सभी द्वार बन्द करा दिए हैं देव!

नरसिंह. : *(आवेश से)* हम अभी सिंह-द्वार पर जाकर स्वयं देखेंगे। तुम्हारा भ्रम है।

महेन्द्र : भ्रम नहीं, देव...वह देखिए!

[बाहर हलचल]

नरसिंह. : प्रतिहारी किसी को पकड़कर ला रहे हैं।

[कोलाहल। शैवालिक को पकड़े हुए दो-तीन प्रतिहारीगण का प्रवेश। शैवालिक जोर लगाकर अपने को छुड़ाना चाहता है। उसके हाथ में एक पत्र-मंजूषा है।]

शैवालिक : मुझे छोड़ दो, छोड़ दो।

नरसिंह. : कौन?

महेन्द्र. : शैवालिक!!

नरसिंह. : उसे छोड़ दो प्रतिहारी। क्या बात है?

एक प्रति. : प्रभो, महाषड्यंत्र हुआ है। तीन दिशा से दंडपाशिक मन्दिर को घेर रहे हैं।

नरसिंह. : घेर रहे हैं, किसकी आज्ञा से?

शैवालिक : परम प्रतापी कलिंग-नरेश श्री राजराज चालुक्य की आज्ञा से।

[सब लोग चौंक उठते हैं।]

नरसिंह. : चालुक्य! कलिंग-नरेश!!...विश्वासघाती!!

महेन्द्र : स्वयं महाराज के सामने इतनी उद्दंडता। *(खड्ग निकालते हुए)* अभी-अभी तुझे नरक का मार्ग–

शैवालिक : सावधान! मुझ पर हाथ चलाने की चेष्टा न करो। मैं दूत के रूप में भेजा गया हूँ। *(पत्र-मंजूषा महाराज को देते हुए)* यह लीजिए, महाराज राजराज चालुक्य का सन्देश, और मुझे उत्तर दीजिए।

[महाराज मंजूषा की मोहर तोड़कर पत्र निकालते हैं। पत्र पढ़ते समय उनकी मुद्रा महारोषमयी हो जाती है। सब लोग चुप हैं।]

नरसिंह. : *(हाथों से पत्र मसलते हुए)* तो रथ की धुरी इसलिए टूटी थी। इसलिए कि इतने समय में दंडपाशिकों की सेना और मांडलिकों को इकट्ठा कर लिया जाए। राजधानी में...

प्रतिहारी : प्रभो, राजधानी में चालुक्य के दंडनायकों ने पहले ही राजप्रासाद पर अपना अधिकार जमा लिया है। यही शैवालिक कहता था।

नरसिंह : तोषालि और कणिका के सामन्त?

शैवालिक : वे सभी हमारे साथ हैं।

नरसिंह : उफ़, नीच पामर! सब-के-सब विश्वासघाती!

शैवालिक : राज्यसत्ता की भित्ति विश्वास नहीं, बल है।

महेन्द्र : बल?...यवन-विजेता पराक्रमी नरेश बलविहीन कब से हो गए।

शैवालिक : यवन-विजेता की सेना कहाँ है?

नरसिंह : सेना! यदि हमें इस दुरभिसन्धि का लेशमात्र भी आभास होता, तो हमारी सेना..

शैवालिक : वंग-देश में न होती। किन्तु अब पछताने से क्या होता है? आपके सामने एक ही मार्ग है।

नरसिंह : आत्मसमर्पण?—कभी नहीं।

शैवालिक : तब आत्महत्या।...युद्ध में पराजित होकर बन्दी होना आत्महत्या के तुल्य होगा।

विशु : बन्दी! हमारे पूज्य महाराज बन्दी हों, यह अनाचार कैसे हो सकता है, कैसे हो सकता है?

शैवालिक : तुम्हें इन बातों से क्या मतलब? तुम लोग शिल्पी हो, कल इनके नौकर थे, आज से राजराज चालुक्य महाराज के। शासन की बागडोर चाहे जिसके हाथ में हो, तुम्हें, अपनी कला-साधना करनी है।

धर्मपद : *(जो अब तक मूर्तिवत् देखता रहा है।)* बहुत हुआ, बहुत हुआ दूत! क्या हम लोग भेड़-बकरियाँ हैं, जो चाहे जिसके हवाले कर दी जाएँ? आज ही तो हमारे

भाग्य का फ़ैसला है। जिस सिंहासन को तुम आज डाँवाडोल कर रहे हो, वह हमारे ही तो कन्धों पर टिका है। क्या उस पर वह बैठेगा, जिसके कारण सैकड़ों घर उजड़ चुके हैं, वह जिसने कोणार्क के सौन्दर्य-निर्माता शिल्पियों को ठीकरों से तुच्छ मान ठुकराया ? कलिंग हमारा है और उसके अधिपति हैं हमारे प्रजावत्सल नरेश श्री नरसिंहदेव।

नरसिंह : शाबाश, धर्मपद!

सौम्य : धर्मपद, तुम्हारे शब्दों में शिल्पी की आत्मा बोलती है।

शैवालिक : पागलपने का यह प्रलाप सुनने मैं नहीं आया हूँ। मुझे शीघ्र उत्तर मिलना चाहिए।

धर्मपद : *(महाराज की ओर उन्मुख होकर)* देव, मुझे आज्ञा दें कि इस उद्दंड चुनौती का उचित उत्तर दे दूँ।

नरसिंह : युवक, तुम्हारी वाणी ने हमें नई आशा दी है! हम मृत्यु पसन्द करेंगे, लेकिन उस नीच पामर चालुक्य के आगे घुटने न टेकेंगे।

धर्मपद : *(सोल्लास)* तो सुनो शैवालिक ! अपने नए स्वामी के पास यह अंगारों-भरा सन्देशा ले जाओ कि कलिंग-नरेश श्री नरसिंहदेव महाराज, अत्याचारी विश्वासघातियों की धमकियों की चिन्ता नहीं करते। वे आज अकेले नहीं हैं, आज उनके पीछे वह शक्ति है, जिससे धरती थर्रा उठेगी; दीन-निर्धन प्रजा की शक्ति, जो कोणार्क के शिल्पियों और मजदूरों में दुर्दम सेनाओं का बल भर देगी। कोणार्क का मन्दिर आज दुर्ग का काम देगा। जाओ, हमें चुनौती स्वीकार है।

शैवालिक : *(जाता हुआ)* तो फिर सावधान, रक्तदान के लिए प्रस्तुत रहिए। मैं जाता हूँ। *(प्रस्थान)*

विशु : तीनों प्राचीरों के निकट सेना आ गई है। चौथी ओर समुद्र है। हम लोग कैसे और क्या करेंगे?

नरसिंह. : कोणार्क की चहारदीवारी के भीतर कुल कितने लोग हैं?

राजीव : लगभग पाँच हज़ार। बारह सौ शिल्पी हैं, बाकी अन्य जन-मजदूर इत्यादि।

धर्मपद : किन्तु हथियारों की कमी नहीं।

महेन्द्र. : धनुर्बाण तो कम ही होंगे। और खड्ग?

राजीव : वे भी इने-गिने ही होंगे।

धर्मपद : हमारे अस्त्र हैं—कुदाली, दंड, हथौड़े और पत्थर। मन्दिर के प्राचीरों से विशाल पाषाणों को अकस्मात् शत्रु के ऊपर गिराया जा सकता है। जब तक प्राचीर हमारे हाथों में है, शत्रु पास नहीं फटकने पाएगा।

महेन्द्र : किन्तु कब तक?

नरसिंह : रात्रि के पहले पहर तक।

महेन्द्र : उसके बाद?

नरसिंह : उसके बाद हमारा और तुम्हारा काम है, महेन्द्र!

महेन्द्र : दास कटिबद्ध है स्वामी!

नरसिंह : रात्रि में किसी तरह छिपकर जगन्नाथपुरी पहुँच जाना है। वहाँ श्रीमन्दिर के अधिष्ठाता कभी मेरे विरुद्ध नहीं जा सकते। उनकी सहायता द्वारा अपने गुप्त शस्त्रागार तक पहुँच जाना कठिन नहीं।...महेन्द्र!

महेन्द्र : समझ गया महाराज! राजधानी की पौर-सभा को मैं गुप्त सूचना दूँगा। वे गंगवंश के सर्वदा समर्थक रहे हैं।

नरसिंह : रात-ही-रात में सब कुछ करना है। रात में युद्ध बन्द होगा ही। सवेरे तक शत्रु को घेर लेना है।

महेन्द्र : किस पथ से जाना होगा?

धर्मपद : सागर के तट पर मन्दिर का जो चौथा द्वार है, वहीं से नौका में बैठकर देव जा सकते हैं।

राजीव : थोड़ा ही समय लगेगा, किन्तु तट के सहारे-सहारे जाना होगा।

महेन्द्र : और कोणार्क की रक्षा?

नरसिंह : धर्मपद, सम्हाल सकोगे?

धर्मपद : क्यों नहीं महाराज! कोणार्क के प्राचीरों के पाषाण सुदृढ़

हैं और उनसे भी अधिक दृढ़ हैं शिल्पियों की भुजाएँ, जो पाषाण में प्राण फूँकती हैं।

नरसिंह : दृढ़ता के साथ कौशल भी चाहिए।

महेन्द्र : समय कम है।

धर्मपद : चिन्ता न करें, देव।...आर्य राजीव, जैसे भी हो, हमें शत्रु को रात के पहले पहर तक रोकना है। आप प्रहरियों से धनुर्बाण लेकर अटीविका से आए शिल्पियों में बाँट दीजिए। उनका निशाना सधा हुआ है।

राजीव : अवश्य, और अभी! *(जाता है)*

धर्मपद : और आप *(दूसरे शिल्पी से)* भास्करजी!

भास्कर : प्राचीर पर के पाषाण-खंडों का जिम्मा मैं लेता हूँ।

[प्रस्थान।]

धर्मपद : ये चारों प्रतिहारीगण, सिंह-द्वार पर शिल्पियों के साथ व्यूह की रचना करेंगे। *(प्रतिहारियों का प्रस्थान)* मैं शीघ्र बाहर जाकर शिल्पियों और मजदूरों को टोलियों में बाँटता हूँ। *(तीसरे शिल्पी से)* गजाधरजी, आप अस्त्रों को एकत्र करें।

गजाधर : मैं अभी जाता हूँ। *(प्रस्थान)*

धर्मपद : और आर्य सौम्यश्री आप?

सौम्य : मुझे केवल नाट्याचार्य न समझो, धर्मपद!

धर्मपद : आर्य, आप आचार्य विशु के साथ नृत्यमंडली की सहायता से घायलों की शुश्रूषा का भार लें।

नरसिंह. : और तुम धर्मपद?

धर्मपद : आज्ञा हो, तो मैं नट-मन्दिर की छत से निर्देशन करता रहूँगा।

नरसिंह. : शत्रु के वाण उधर ही आएँगे।

धर्मपद : उसके लिए प्रस्तुत हूँ महाराज!

नरसिंह. : धर्मपद, आचार्य विशु ने तुम्हें आज महाशिल्पी का पद दिया। हम तुम्हें कोणार्क का दुर्गपति बनाते हैं।

धर्मपद : इस अकिंचन पर कलिंग-नरेश का अपार अनुग्रह है।

नरसिंह. : नहीं, हम तुम्हारे अदम्य साहस और उससे भी अधिक संगठन-दक्षता देखकर विस्मित हैं। तुमने यवन-विजेता उत्कल-नरेश को अपने वश कर लिया।

धर्मपद : तब महाराज, आपको दुर्गपति का आदेश मानना होगा।

नरसिंह. : क्यों नहीं।

धर्मपद : तो देव, मेरा आग्रह है कि आप मन्दिर के पिछले भाग में ही रहें। वह सुरक्षित स्थान है। यदि आपका बाल भी बाँका हुआ, तो सारी योजना ही निष्फल हो जाएगी।

नरसिंह. : रात्रि के प्रथम पहर तक हमने अपने को तुम्हारे हाथों सौंप दिया है। उस समय तक तुम्हीं हमारे निर्देशक हो, तुम्हीं हमारे सेनापति!

धर्मपद : निर्देशक मैं नहीं हूँ, देव!

महेन्द्र : *(साश्चर्य)* धर्मपद!

धर्मपद : हमारे निर्देशक, हमारे सेनापति बाहर खड़े हमारी प्रतीक्षा कर रहे हैं।

नरसिंह. : कौन?

धर्मपद : वे सौन्दर्य के विधाता हज़ारों शिल्पी, जिनकी आत्मा की तड़पन ही कलिंग-नरेश का अमोघ वज्र है, जिनकी सुकोमल भाव-तरंगों को अत्याचारी की ठोकर ने आज महारोष का उत्ताल सागर बना दिया है।

[बाहर कोलाहल और जयनाद]

नरसिंह. : नरसिंहदेव इस महाशक्ति के आगे नतमस्तक है।

धर्मपद : तो चलें, देव! युद्ध से पहले इस प्रचंड भैरवी का अवलोकन करें।... चलिए!

[नरसिंहदेव और महेन्द्र का धर्मपद के पीछे-पीछे जाना। नेपथ्य से गगनव्यापी तुमुल निनाद की भाँति हज़ारों कंठों से निकलता हुआ जय-निर्घोष कर्णगोचर होता है—"जय, जय कलिंग-नरेश की

जय ! जय, जय, कोणार्क दुर्ग की जय!! जय, जय, जय!!!"...

विशु मूर्तिवत् खड़ा सुन रहा है, सुन नहीं पाता। देख रहा है, देख नहीं पाता। सौम्यश्री उसका हाथ पकड़ता है।

जय-जयकार करता हुआ जन-समूह दूर जाता जान पड़ता है—स्वर मन्द हो गया है।]

सौम्य : चलो विशु।

विशु : सौमू मेरे कोणार्क के प्रांगण में यह विभीषिका?

सौम्य : तुम उद्विग्न हो उठे विशु?

विशु : *(विचारमग्न)* उद्विग्न भी, और...और...उत्सुक भी।

सौम्य : उत्सुक?...किसलिए?

विशु : मैं जानना चाहता हूँ, सौमू, कि...*(कुछ रुककर धीरे-धीरे)* कि यह धर्मपद कौन है?...*(हठात् तीव्र स्वर)* कौन है!... *(मन्द विवश स्वर)* कौन है?

[पटाक्षेप]

उपकथन

[वही झीना अन्धकार। वही विराट नेपथ्य-संगीत, किन्तु पहले की अपेक्षा अधिक हलचलपूर्ण; मानो शिव का प्रलयंकर तांडव राग हो! थोड़ी देर बाद हठात् पूर्ण मौन। सूत्रधार और वाचिकाओं पर मन्द प्रकाश।]

पहली वाचिका

जूझते मेघों का गर्जन
भयंकर बिजली की तड़पन
रुधिर का उछला पारावार!

[पुनः वही प्रलयंकर संगीत एक साथ उमड़कर शान्त हो जाता है। और उसके बाद—]

दूसरी वाचिका

यही क्या सतरंगी कोणार्क—
कला का इन्द्रधनुष निर्वाक—
वज्र-सा अब करता टंकार?

[अत्यन्त मन्द और बारीक स्वर में शिथिल-सा संगीत थोड़ा उभरकर विलीन हो जाता है।]

पहली वाचिका

लेकिन यह क्या?—
अरे क्यों सहमी-सी हलचल?
क्लान्त-सा क्यों है कोलाहल?
मौन होगा क्या अब संहार?

दूसरी वाचिका

नहीं, केवल थोड़ा विश्राम!
रातभर का है युद्ध-विराम।
झपकियाँ लेते हैं अंगार।

पहली वाचिका

तब तो?–
निशा के परदे में अज्ञात–
कहाँ है उत्कलपति का प्रात?
तुमुलध्वनि में आशा-झंकार?

सूत्रधार

वहीं–
जहाँ सागर-तटवर्ती लहरों को चीर
एक नौका
पुरी नगरी की ओर तेजी से चली जा रही है, चली जा रही है।
उसी में बैठे हैं नरसिंहदेव,
जिन्हें घमासान युद्ध के बीच,
मन्दिर के पीछे सुरक्षित नौका में आरोहित कर
धर्मपद और उसके साथियों ने
अपना वचन पूरा किया।
अब सूर्योदय तक पुरी से सेना लाकर
चालुक्य के पड़ाव पर आक्रमण करना है उन्हें
इस समय कोणार्क में शान्ति है, पर
स्तब्ध सरोवर को चंचल करनेवाले पतित पल्लवों की भाँति
जब-तब मन्द ध्वनियाँ सुन पड़ती हैं।
और यहाँ–

मन्दिर में देवमूर्ति के निकट
म्लानमुख अन्धकार की गोदी में टिमटिमाते
दीपक के प्रकाश में–
अधीर और आतुर–
यह कौन खड़ा है?

[सूत्रधार और वाचिका का प्रस्थान। मन्द करुण वाद्य-संगीत सुनाई पड़ता है और–]

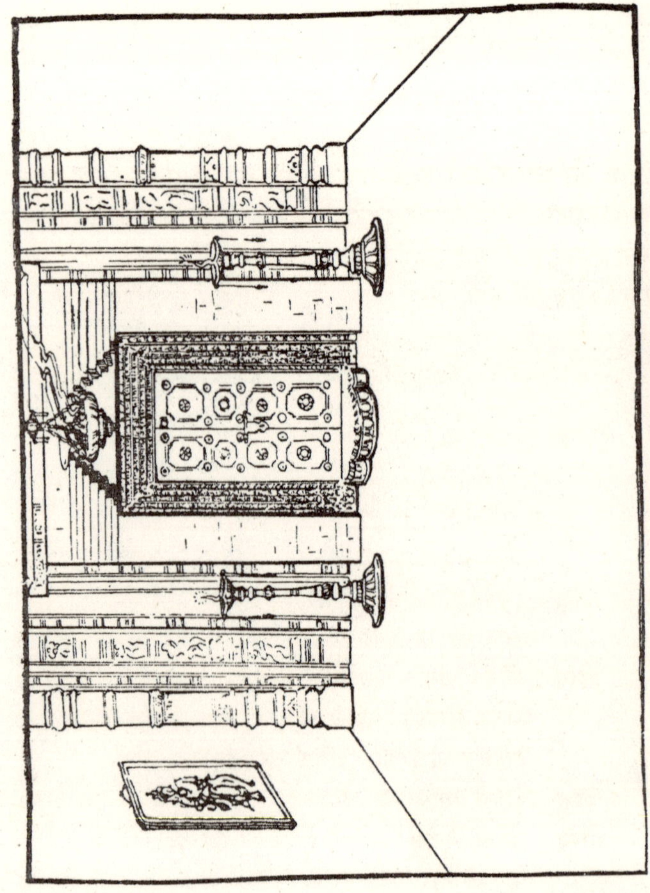

‘मन्दिर के गर्भगृह से सटा हुआ अन्तराल’
(तृतीय अंक)

तृतीय अंक

[मन्दिर के गर्भ-गृह से सटा हुआ अन्तराल। समय—रात्रि का दूसरा प्रहर। गर्भ-गृह के कपाट ठीक बीच में हैं और बन्द हैं; दीपक के मन्द प्रकाश में बाईं ओर स्तम्भ के निकट एक मूर्ति की ओर निर्निमेष देखता हुआ विशु दीखता है। त्रस्त और अधीर मुद्रा। एक मुट्ठी बँधी है। कन्धे पर उत्तरीय।]

[थोड़ी देर में दाईं ओर से सौम्यश्री का प्रवेश।]

सौम्य : तुमने कहा था, विशु कि मैं नाट्याचार्य, भगवान शंकर का संहारक रूप धर सकता हूँ। वह तो नहीं कर पाया, लेकिन भगवान शंकर वैद्यनाथ भी तो हैं। पट्टियाँ बाँधना और औषधियाँ देना!...कुछ घायल तो बच ही जाएँगे।

विशु : *(मूर्ति की ओर टकटकी; सौम्यश्री की ओर पीठ। गम्भीर स्वर में)* वह कैसा है?

सौम्य : कौन? धर्मा? गजब का पराक्रम दिखाया उसने। क्या अतुल संगठन- शक्ति, क्या स्फूर्ति! एक-एक शिल्पी उसे देखकर पाँच-पाँच सैनिकों के तुल्य हो गया!

विशु : *(उसी भाँति)* वह कैसा है?

सौम्य : उसकी मूर्च्छा? उसका मूर्च्छित होना था कि शिल्पियों में बिजली दौड़ गई। दुगुनी शक्ति से हमारे मुट्ठीभर लोग जूझ पड़े और चालुक्य के पारावार को थमना पड़ा।

विशु : *(उसी भाँति)* वह सब मैंने देखा था।...लेकिन अब वह कैसा है?

सौम्य : कैसा है?...तुम तो उसके मूर्च्छित होने के थोड़ी देर बाद

ही चले आए थे। जान पड़ता है, उसका शरीर चोट और आघात सहने का आदी है। माँ-बाप ने उससे बहुत कसरतें कराई होंगी!–

विशु : *(सावेश तेज़ स्वर में)* सौमू, मेरे प्रश्न का उत्तर दो!...वह कैसा है?

सौम्य : *(साश्चर्य)* विशु!! क्या हुआ तुम्हें?...*(निकट जाकर)* और...और मेरी प्रतिमा के निकट इस तरह मुट्ठी बाँधे तुम क्यों खड़े हो?

विशु : *(घूमकर मुट्ठी खोलता है।)* देखो!

सौम्य : हाथीदाँत का कंकण!...*(करीब आकर गौर से देखता हुआ) अरे! ठीक वही आकृति, ठीक वही छवि–*

विशु : जो मैंने तुम्हारी मूर्ति के कंठहार में अंकित की है।

सौम्य : कहाँ मिली तुम्हें?

विशु : धर्मपद के गले से गिरी थी, जब वह मूर्च्छित हुआ।

सौम्य. : *(अविश्वास के स्वर में)* धर्मपद के गले से?...धर्मपद?... यानी धर्मपद–

विशु : *(हठात् विह्वल स्वर में, मानो बाँध टूटा हो)* बताओ सौमू, वह कैसा है? बताओ!

सौम्य : विशु, स्थिर होओ!

विशु : स्थिर होऊँ?...तुम नहीं समझोगे, बन्धु! बताओ, बताओ– क्या उसकी मूर्च्छा दूर हुई?

सौम्य : मूर्च्छा दूर हो गई। रक्त बहना भी बन्द हो गया। अब तो वह पुनः युद्ध के लिए तैयार है।

विशु : पुनः युद्ध? रोको सौमू, उसे रोको!

सौम्य : शान्त विशु!...रात में तो युद्ध बन्द रहेगा, और कल सवेरे तक निश्चय ही जगन्नाथपुरी से महाराज के अश्वारोही दल आ पहुँचेंगे!...किन्तु विशु मुझे तुम्हारी चिन्ता है।

विशु : मेरी चिन्ता?...बरसों की खोई निधि पा रहा हूँ, सौमू?

सौम्य : अपनी बेताबी से उसी निधि को पुनः खो न देना।

विशु : सौमू कैसे उसे बताऊँगा? मुझे तो वह जानता नहीं, पर

जान लेने पर क्या सोचेगा वह?...शायद...शायद... *(विकल मुद्रा)* ओह, सौमू!! बरसों गुफा के अँधेरे के बाद यह बेदर्द उजाला क्या मुझे अन्धा बनाकर रहेगा?

सौम्य : *(नेपथ्य में पदचाप सुनकर)* विशु, शायद वही आ रहा है। तुम थोड़ी देर के लिए स्तम्भ की ओट में चले जाओ।

विशु : क्या वह मेरा मुख भी देखना चाहेगा?

सौम्य : मेरे ऊपर छोड़ो वह बात। जब आवाज़ दूँ तो आ जाना।

[विशु बाईं ओर को चला जाता है। सौम्यश्री अपनी प्रतिमा के निकट खड़ा हो जाता है। धर्मपद का प्रवेश। माथे पर पट्टी।]

धर्मपद : सैकड़ों शिल्पी मारे गए। जो घायल हैं, उनकी सुश्रूषा तो आपके नटों, गायकों और देवदासियों ने खूब की, नाट्याचार्य! किन्तु जो थके-हारे हैं–

सौम्य : रात का विश्राम ही उनकी संजीवनी है। रात में तो युद्ध होगा नहीं।

धर्मपद : लेकिन हमें सावधान रहना है।...अगर कोई मन्दिर की प्राचीरों पर निगाह रख सकता–

सौम्य : मेरे नट और वादक-गायक यह काम करेंगे धर्मपद! वे तो नहीं थके हैं!

धर्मपद : अनुगृहीत हूँ, तात सौम्यश्री।...केवल निगाह रखनी है और कोई बात हो तो मुझे तुरन्त सूचित करना है। सूर्योदय तक–

सौम्य : सूर्योदय तक महाराज के अश्वारोही चालुक्य के दल पर पीछे से आक्रमण कर देंगे।

धर्मपद : और इधर से हम मुट्ठीभर शिल्पी भी पुनः प्रहार करेंगे।

सौम्य : मुट्ठीभर शिल्पियों के प्राण तो तुम हो धर्मपद! मूर्च्छा के बाद तुम्हें भी विश्राम करना चाहिए था।

धर्मपद : मुझे विश्राम की ज़रूरत नहीं है, नाट्याचार्य!

सौम्य : फिर कहता हूँ–रात्रि का विश्राम ही संजीवनी बूटी है।

धर्मपद : यदि मेरे पास इससे भी अधिक शक्तिवर्धक संजीवनी हो तो!

सौम्य : वह क्या?

धर्मपद : यह देखिए।

[वस्त्र के नीचे हाथ से टटोलता है।]

सौम्य : देखूँ?

धर्मपद : *(चिन्तित मुद्रा। बार-बार अपने वक्ष और गरदन को टटोलता हुआ)* अरे! मेरा कंठहार कहाँ लोप हो गया?... सदा यहीं अपने वस्त्र के नीचे ही तो रखता हूँ मैं।... आचार्य सौम्यश्री, आपने तो–

सौम्य : मैंने तो नहीं, पर इधर देखो, मेरी मूर्ति के कंठ में एक हार है। *(प्रतिमा पर अंकित हार को दिखाता है।)*

धर्मपद : *(दूर से देखते ही)* अरे प्रतिमा के गले में यह कैसे पहुँचा? *(तेजी से निकट जाकर स्पर्श करता है।)* किन्तु...किन्तु यह तो पत्थर पर अंकित है।...यह कैसी मरीचिका!... वही, ठीक वैसा ही अंकन, वही बिलकुल वही, कामदेव की आकृति! नाट्याचार्य, यह कैसी पहेली?

सौम्य : ये पहेली तो मूर्तिकार ही सुलझाएगा।

धर्मपद : कौन?

सौम्य : आचार्य विशु से पूछो। *(पुकारता हुआ)* विशु!

[विशु का प्रवेश।]

विशु : धर्मपद! इस मूर्ति का कंठहार मैंने ही अंकित किया है और *(मुट्ठी खोलता हुआ)* हाथीदाँत के इस कंकण का शिल्पी भी मैं ही हूँ।

धर्मपद : आप? *(विशु धर्मपद को हार पकड़ाता है।)* असम्भव आचार्य! यह कंकण तो मुझे मेरी माँ ने दिया था।

विशु : *(तीव्र भावावेश को रोकता हुआ)* कहाँ है तुम्हारी माँ, धर्मपद?

धर्मपद : मेरी माँ! आचार्य, मेरी माँ तो अब नहीं है। *(मर्माहत हो विशु पीछे को हटकर पीठ मोड़कर खड़ा हो जाता है।)*

सौम्य : *(विशु के निकट जाकर भर्त्सनापूर्ण किन्तु मन्द स्वर में)* विशु!

धर्मपद : तभी उसके दिए हुए उपहार को हृदय से लगाए फिरता हूँ। *(माला को चाव से अपने गले में डालते हुए)* मृत्यु से पहले उसने मुझे यह पकड़ाया और कहा कि मेरे पिता की देन है।

विशु : *(उन्मद स्वर)* पिता, पिता!

धर्मपद : जिस पिता की बात उसने कभी पहले मुझसे न छेड़ी थी, पहली बार और अन्तिम बार तभी उसका नाम लिया था मेरी माँ ने!

विशु : *(उसी तरह पीठ किए हुए आविष्ट स्वर में)* पहली और अन्तिम बार!

धर्मपद : *(अनसुनी करके ऐसे स्वर में मानो अनायास ही कोई कहानी याद आई हो।)* कैसी अद्‌भुत थी मेरी माँ!... आँधियों के निर्दय झकझोर से भी न झुकनेवाले ताल-वृक्ष की तरह। मुझे गोदी में लिए, बहुत पहले, जब वह नगर में आई थी, तो कौन उसका सहायक था? मजदूरी करके, गरीबी के कष्ट और वैभव के अपमान सहकर उसने मुझे पाला।

सौम्य : याद है तुम्हें, कहाँ से तुम लोग नगर में आए थे?

धर्मपद : शवर अटीविका से।...माँ ने बहुत कुछ बताया, पर सब कुछ नहीं। उसने मुझे वह शक्ति दी, जिसके बल पर नन्हा बीज धरती को फोड़कर नए जीवन का प्रतीक बनता है। उसने मुझे आँचल से ढँका भी और छुड़ाया भी। उसकी ओजमायी वाणी मेरे कानों में गूँज रही है– आप लोग सुन पाते हैं?

विशु : *(रुँधे कंठ से)* मैं सुन पा रहा हूँ। *(मुड़कर धर्मपद के निकट आता हुआ)*...मैं सुन पा रहा हूँ!

धर्मपद : आचार्य विशु!

विशु : *(धर्मपद के हाथ को अपने चेहरे में दबाता हुआ व्यथित और रुदनपूर्ण स्वर में)* धर्मा, मेरे बच्चे, मेरे बेटे! *(रुदन)*

धर्मपद : *(अपना हाथ खींचते हुए)* आप रो रहे हैं आचार्य!

सौम्य : धर्मपद, तुम सारिका के पुत्र हो?

धर्मपद : आपको मेरी माँ का नाम कैसे मालूम हुआ।

सौम्य : धर्मा, आचार्य विशु ही तुम्हारे पिता हैं।

धर्मपद : क्या?...आचार्य, मेरे पिता।...मेरे पिता!!...पर...*(जैसे कुछ याद आया हो)* मेरे पिता का नाम तो...।

विशु : तुम्हारे पिता का नाम था श्रीधर?

धर्मपद : हाँ, हाँ, यही नाम मेरी माँ ने बताया था।

(विशु कुछ हटकर चौकी पर बैठ जाता है।)

विशु : वह अभागा श्रीधर मैं ही हूँ!...विशु तो मेरा छद्म नाम है, जो मैंने शवर अटीविका से भाग आने पर रख लिया था। मैं ही वह श्रीधर हूँ, जिसके कारण तुम्हारी माँ को इतने कष्ट उठाने पड़े। मैं ही वह कठोर, पापी, निर्दय तुम्हारा पिता हूँ, जिसने...*(अपने चेहरे पर हाथ रख लेता है।)*

धर्मपद : *(विशु के निकट जाकर मन्द स्वर में)* आचार्य?

विशु : *(हलके स्वर में)* मुझे पिता कहो, धर्मा!

धर्मपद : पिता! *(विशु के चरणों के पास धरती पर बैठता हुआ, चाव भरे स्वर में)* क्या आपको मेरी माँ की याद आती है?

विशु : बीस बरस से उस याद के ही बल पर जी रहा हूँ!

[दबे पाँव सौम्यश्री चुपचाप बाहर चला जाता है, मानो पिता और पुत्र के इस अनिवर्चनीय मिलन-दृश्य में विघ्न न डालना चाहता हो।]

धर्मपद : मेरी माँ के मन में भी भीतरी काँटे की तरह शायद आपकी याद गड़ी रही।

विशु : *(जिज्ञासापूर्ण स्वर)* क्या सच वह मुझसे रुष्ट रही? क्या तुमसे भी उसने कहा?

धर्मपद : नहीं। रुष्ट कभी नहीं रही और न मुझे कभी बताया। मैं वह सब कुछ नहीं जानता और न जानना चाहता हूँ।

विशु : मुझे क्षमा कर सकोगे पुत्र?

धर्मपद : आर्य, मेरी आँखों के सामने जो परदा पड़ा है, उसे उठाइए नहीं। उस पर मेरी माँ की मधुर, गम्भीर, दर्दभरी मूर्ति दीख रही है।...और वहाँ मानो सूरज की अन्तिम किरणें पड़ रही हैं। किरणों के बीच माँ कैसी भली दीख पड़ती है!...ये किरणें किधर से आती हैं आर्य? आप जानते हैं?

विशु : *(कुछ समझते हुए, कुछ रुँधे स्वर से)* वे किरणें तुम्हारी माँ के तन से ही फूट रही हैं, धर्मा! मैंने भी इन्हें देखा है।

धर्मपद : कब?

विशु : *(उठकर घूमते हुए)* मन्दिरों का निर्माण करते-करते कभी-कभी सहसा मेरी आँखों के आगे अँधेरा छा जाता था। उस अँधेरे में न तो मैं मूर्तियाँ गढ़ सकता था और न आकार-प्रकार निश्चित कर पाता था, न पत्थरों को जीवित कर सकता था। तभी तुम्हारी माँ की मनोरम और तेजस्वी मूर्ति की झलक मिलती और उन किरणों से मुझे प्रकाश मिलता।

धर्मपद : ठीक वही किरणें, ठीक वही आलोक!

विशु : हाँ पुत्र! और अब मानो कोणार्क के अधूरे शिखर पर मेरे अरमानों को छिन्न होता हुआ देख उसने मुझे राह दिखाने के लिए तुम्हें भेजा।

धर्मपद : जाने किस अदृश्य शक्ति ने मुझे शिल्पकला सिखा दी!

विशु : तु शिल्पी विशु के पुत्र हो, धर्मा! कोणार्क और किसी के स्पर्श से कैसे जग सकता था? जैसे, मरुस्थल में कहीं निर्झरिणी सहसा गायब हो जाने पर भी अन्यत्र बह

निकलती है, वैसे ही मेरी भटकी हुई प्रतिभा तुम्हारे मन में विकस उठी धर्मा! सैकड़ों, हज़ारों बरसों तक कोणार्क के उन्नत शिखर को देखकर लोग कहेंगे कि यह विशु और उसके बेटे की कला की सर्वोत्कृष्ट कृति है। मेरे जैसा भाग्यशाली पिता आज उत्कल में और कौन है?

धर्मपद : संध्या की किरणें सिमट रही हैं आर्य! लगता है, जैसे माँ बुलाती हो।

विशु : नहीं धर्मपद, हम उसे बुलाएँगे।...क्या तुम्हारी माँ कल भी नहीं आएगी? कल जब कोणार्क और कलिंग के ऊपर से बादल हट जाएँगे। कल हमारे महाराज नरसिंहदेव विजयी होंगे और फिर कोणार्क के प्रांगण में मेरा और तुम्हारा–पिता और पुत्र का–अद्वितीय अभिवादन होगा।

धर्मपद : विजय का अभिवादन?

विशु : *(तन्मय)* कैसा अपूर्व क्षण होगा वह! मेरी सारी साधना फलीभूत होकर आह्लाद और उन्माद में निलय हो जाएगी, धरती और अम्बर मेरे उल्लास को सम्भाल न सकेंगे, कोणार्क का प्रत्येक पत्थर अनन्य रागिनी को प्रतिध्वनित करेगा और शिल्पी के गौरव के आगे सारे संसार की समृद्धि नतमस्तक होगी...।

[इस बीच में बाहर तेजी से आते हुए क़दमों की आवाज़ आती है। सौम्यश्री का बहुत घबड़ाई हुई अवस्था में प्रवेश।]

सौम्य : विशु, धर्मपद! गजब हो गया! हम लोगों का किया-कराया सब मिट्टी हो रहा है...

विशु : *(जो अभी तक आह्लाद की मुद्रा में है।)* ठहरो, मेरा स्वप्न भंग न करो...।

सौम्य : स्वप्न? स्वप्न छोड़ो! हम लोग महाविपत्ति में हैं।

धर्मपद : क्या हुआ आर्य?

सौम्य : मन्दिर के दक्षिण प्राचीर के एक अंश में शत्रु के एक

छोटे दल ने चुपचाप रास्ता बना लिया है। मैं नर्तकों को लेकर उधर जा रहा था कि देखा शत्रुओं का एक दल अन्दर घुस रहा है। दौड़कर राजीव को समाचार दिया। ...लेकिन मुट्ठीभर थके-हारे शिल्पी कैसे रोकेंगे इन आतताइयों को?

धर्मपद : *(उठकर)* यही आशंका थी मुझे! कुचक्री चालुक्य रात्रि के युद्ध-निषेध को भला क्यों मानता?

विशु : अब क्या होगा? क्या होगा सौमू?

सौम्य : महाविनाश का आह्वान!

विशु : सौमू, उसे रोको!–धर्मा को रोको!

धर्मपद : मुझे रोकने की चेष्टा न कीजिए, आर्य! मुझे संध्या की वे ही किरणें बुला रही हैं। लेकिन सुनिए! एक बार मन्दिर पर अधिकार कर लेने पर चालुक्य की शक्ति को कोई नहीं रोक सकता। महाराज नरसिंहदेव की चेष्टाएँ विफल हो जाएँगी। सवेरे ही चालुक्य पुरी के लिए कूच कर देगा। और फिर उस अत्याचारी के आगे कोई नहीं ठहर सकेगा, कोई नहीं। *(कोने में रखे हुए भाले को उठाता है। विशु और सौम्यश्री की ओर पीठ।)*

सौम्य : विशु, सुना तुमने? *(दूर पर थोड़ा कोलाहल)*

विशु : सौमू! मेरे बन्धु! क्या किसी तरह धर्मा को बचाया नहीं जा सकता? मैं चालुक्य के आगे भीख माँगूँगा, मेरे बेटे के प्राण...।

धर्मपद : *(मर्माहत हो कोने में से ही बोलता है। चेहरा तमतमा रहा है।)* आप मेरा अपमान कर रहे हैं।

सौम्य : पिता की ममता का यों तिरस्कार न करो, धर्मपद!...

धर्मपद : ममता! *(बाहर पुनः कोलाहल)* वह सुनिए, मृत्यु की फैलती छाया में अत्याचारी से जूझनेवाले वीरों की पुकार सुनिए! क्या मैं उसे अनसुनी कर दूँ? उन्हें मेरी ज़रूरत है। शीतल होती हुई यज्ञ की अग्नि में एक बार फिर से आहुति की आवश्यकता है, शायद वह अन्तिम आहुति

हो। *(चलने को उद्यत)*

विशु : *(आर्त्त स्वर में) तुम जा रहे हो पुत्र?*

धर्मपद : हाँ, मैं जा रहा हूँ। जिस नीच से आप भीख माँगते, मैं उसे भीख दूँगा, अपने प्राणों की भीख। तात! मैं जानता हूँ–आप कायर नहीं हैं; पर मेरा मोह आपको दुर्बल बना रहा है। तात, जाते-जाते आपको याद दिलाऊँ कि आप पिता होने के पूर्व शिल्पी हैं, कारीगर हैं!...आज शिल्पी पर अत्याचार का प्रहार हो रहा है। कला पर मदान्धता टूट पड़ी है। सौन्दर्य को सत्ता पैरों के तले रौंद रही है। और कोणार्क–आपका सुनहरा सपना, जिस घोंसले में आपके अरमानों का पंछी बसेरा लेने जा रहा था–वही कोणार्क, एक पामर, पापी, अत्याचारी के हाथ का खिलौना बन जाएगा। आतंक के हाथों में जकड़ी हुई कला सिसकेगी। वही कारीगर की सबसे बड़ी हार होगी, सबसे भारी हार। (प्रस्थान, कुछ देर शान्ति)

सौम्य : *(कन्धे पर हाथ रखते हुए)* विशु! विशु!

विशु : *(हतबुद्धि-सा)* कारीगर की हार! कोणार्क आतंकी के हाथ का खिलौना!

सौम्य : *(बाहर कोलाहल सुनकर)* जान पड़ता है–धर्मपद संग्राम में कूद पड़ा है। लेकिन कितनी देर के लिए! वे लोग आगे बढ़ रहे हैं। विशु, मैं जाता हूँ। देखूँ, शायद उसे बचा सकूँ।

[प्रस्थान]

विशु : *(वही मुद्रा–कभी बैठता है, कभी घूमता है। बाहरी हलचल की उन्मत्त लहरें उसे छू नहीं पा रही हैं।)* कोणार्क–मेरी निधि...कोणार्क–मेरी सृष्टि–अपावन हाथों में, भ्रष्ट हाथों में? यह कैसा अभिशाप! ओ अभागे कारीगर, कहाँ है तेरा गौरव, कहाँ है तेरी मौन तपस्या का पुरस्कार?– *(पुनः चुप। दूर नेपथ्य में कोलाहल बढ़ रहा है।)...*

कारीगर की हार!...ऐं...(उठकर खड़ा होता है)...असम्भव, कोणार्क शिल्पी की पराजय का प्रतीक नहीं रहेगा!

विशु : *[तेज़ी के साथ गर्भगृह के कपाट खोलता है। सूर्य देवता की मूर्ति वक्ष के बीच पाँच-हाथ ऊपर निराधार स्थित है। जाज्वल्यमान मस्तक और मुकुट। बाकी कक्ष में घना अन्धकार।]*

विशु : *(साष्टांग अवस्था में रुँधे गले से)* हे सूर्य भगवान, हे भुवन भास्कर ! बारह बरस तक दत्तचित्त हो मैंने तुम्हारे योग्य यह अभूतपूर्व गृह तैयार किया। आज जब उस लगन और तपस्या के बाद तुम्हारी उपासना का अवसर आया, तो तुम्हारे शिल्पी को ठुकरानेवाले, उनके निर्दोष रक्त से रँगे हाथ तुम्हें अपनाने आ रहे हैं। भगवन्, मैं यह कैसे सह सकता हूँ? तुम, मेरे, सारे जगत के, प्रतिपालक हो; पर मैं यह कैसे भूल सकता हूँ कि मैं तुम्हारा निर्माता हूँ। *(मस्तक उठाता है। हमें उसके चेहरे का पार्श्व अंश ही दीखता है।)* तुम मेरे देव हो! तुम्हें मेरा कहा करना होगा। *(उठते हुए)* कोणार्क शिल्पी की पराजय का प्रतीक नहीं हो सकता। मैं और तुम मिलकर ऐसा नहीं होने देंगे।...नहीं! *(खड़ा हो जाता है।)* ठीक है न मेरे भगवान?

[मूर्ति की आभा द्विगुणित जान पड़ती है। प्रकाश की एक किरण विशु के चेहरे पर भी पड़ती है। उसकी आँखें मूर्ति पर गड़ी हैं और फिर मानो प्रतिमा का आह्वान पाकर वह आगे बढ़ता है—पास रखी हुई कुदाली को हाथ में ले गर्भगृह में प्रवेश कर कपाट को अन्दर से बन्द कर लेता है। प्रतिमा की ज्योति तिरोहित हो जाने से अन्तराल में अब पहले की भाँति हलका-हलका प्रकाश है। बाहर कोलाहल बढ़ रहा है। पदचाप निकट आ

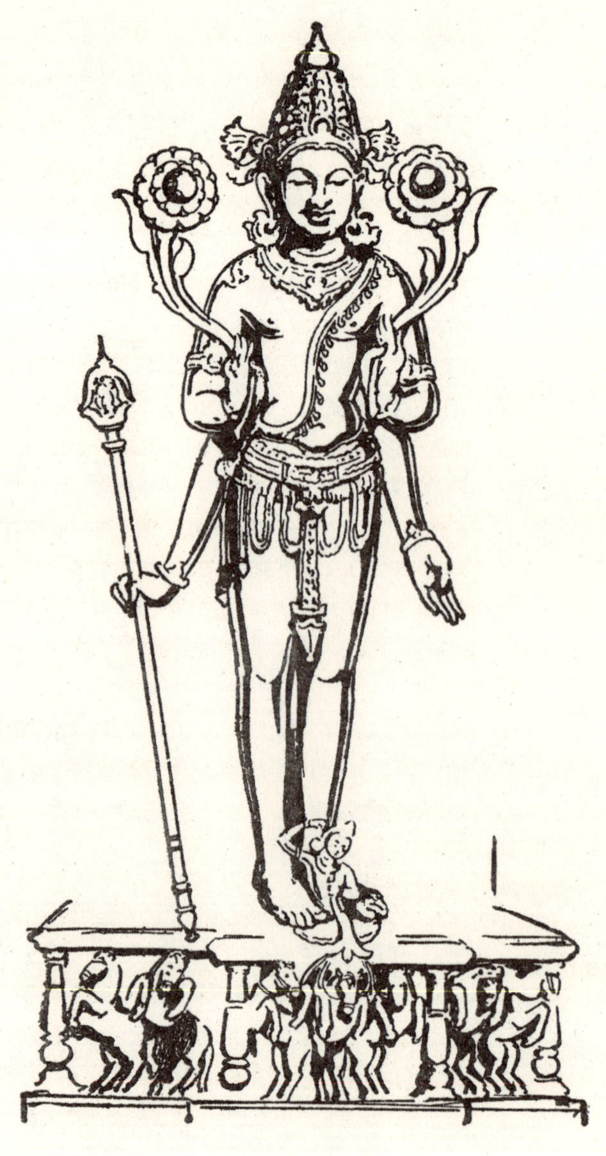

सूर्य भगवान की मूर्ति
(कोणार्क के ध्वंसावशेषों में प्राप्त प्रतिमा के आधार पर)

रहे हैं। कुछ समय तक मंच खाली रहता है। थोड़ी देर बाद कुछ सैनिकों के साथ राजराज चालुक्य, शैवालिक और अन्य सैनिकों का प्रवेश। सैनिक सौम्यश्री को पकड़े हुए हैं।]

चालुक्य : यहाँ भी नहीं। कहाँ है नरसिंहदेव? कहाँ है विशु?

शैवालिक : सौम्यश्री तुम झूठ बोल रहे थे?

सौम्य : यहीं तो विशु को छोड़कर गया था। देखिए वह उत्तरीय।

[चौकी की ओर इशारा करता है।]

चालुक्य : और नरसिंहदेव?

सौम्य : मुझे नहीं मालूम।

चालुक्य : देखता हूँ तुम भी उसी राह पर जाना चाहते हो, जिस पर उस उद्दंड धर्म को भेजा गया है। उसके शरीर के टुकड़े-टुकड़े करके इसी क्षण समुद्र में फेंके जा रहे हैं, जानते हो?

[गर्भगृह के अन्दर पत्थर पर एक चोट पड़ने की आवाज़।]

शैवालिक : सुनिए देव! अन्दर कोई है। *(कपाट खोलने की चेष्टा करता है।)*

सौम्य : *(उच्च स्वर में)* विशु!

चालुक्य : कपाट तोड़ दो।

सौम्य : ठहरिए *(उच्च स्वर में)* विशु, विशु! कपाट खोल दो!

विशु की आवाज : सौमू, मैं कपाट नहीं खोल सकता।

सौम्य : तुम कहाँ हो विशु?

विशु : बहुत ऊपर चुम्बक के पास! *(पत्थर पर चोट)*

सौम्य : विशु, तुम चुम्बक तोड़ रहे हो।

विशु : तोड़ रहा हूँ सौमू, मैं चुम्बक तोड़ रहा हूँ। *(पत्थर पर पुनः चोट)*

सौम्य : देवमूर्ति गिर पड़ेगी।

विशु : *(अट्टहास)* देवमूर्ति भी गिरेगी और शिखर भी। और फिर...*(पुनः कुदाली का आघात)* और फिर मन्दिर की सारी छत और दीवारें नीचे गिर पड़ेंगी मेरे ऊपर, तुम्हारे ऊपर, इन नीच विश्वासघातियों के ऊपर। *(अट्टहास और आघात)* कोणार्क टूटेगा...–हा–हा–हा–

चालुक्य : *(जो अब तक किंकर्तव्यविमूढ़ खड़ा था)* रोको, शैवालिक! सैनिकों कपाट पर धक्का दो। *(सैनिक सौम्यश्री को छोड़कर कपाट पर धक्का देते हैं)* और जोर से!

[कपाट खुल जाता है। गर्भगृह में तीव्र प्रकाश के बीच निराधार सूर्य-प्रतिमा आप-ही-आप हिलती दीख पड़ती है। यह चमत्कारपूर्ण दृश्य देखकर सैनिक ठिठक जाते हैं।]

शैवालिक : मूर्ति हिल रही है।

एक सैनिक : भगवान के सारे अंग हिल रहे हैं।

दूसरा सैनिक : हे भगवान, हे भगवान!

चालुक्य : शैवालिक! सैनिको! ...डरो मत! आओ मेरे साथ!... पकड़ लो मूर्ति को!...पकड़ लो, पकड़ लो *(विक्षिप्त-सा अन्दर घुस जाता है। शैवालिक और कुछ सैनिक भी उसके साथ जाते हैं। बाकी सैनिक इधर-उधर भाग जाते हैं। अकेला सौम्यश्री गर्भगृह के कपाट पर ठिठककर रह जाता है। पत्थर पर फिर एक चोट।)*

शैवालिक की आवाज़ : बचो, बचो! *(पत्थर गिरने की ध्वनि)*...आह!

चालुक्य की आवाज़ : आह!

[अन्य सैनिकों का आर्त्त स्वर!]

एक भीषण धमाका और गर्भ-गृह में चमक के बाद

अँधेरा। मूर्ति अदृश्य हो जाती है।

[अभिभूत होकर सौम्यश्री घुटनों के बल बैठ जाता है तथा धरती पर मस्तक टेकता है। थोड़ी देर के लिए नीरव।

तभी गर्भ-गृह के बीच विशु दीख पड़ता है। माथे और भुजाओं पर रक्त, किन्तु चेहरे पर दिव्य शान्ति और वाणी में अलभ्य तृप्ति।]

विशु : प्रतिशोध...मेरे देवता!...मेरे दिवाकर, शिल्पी का प्रतिशोध...!

[सौम्यश्री धीरे-धीरे सिर उठाता है और विशु धीरे-धीरे नीचे गिरता है।

अन्धकार गाढ़ा हो जाता है और सहसा एक विक्षिप्त वाद्य-संगीत उमड़ उठता है, जिसमें मृदंग इत्यादि ताल-वाद्य विशेष प्रखर हैं। उसके बाद–]

उपसंहार

[गहन अन्धकार कम हो जाता है और कोणार्क के खँडहर की वही झलक, जो उपक्रम में दीखी थी। संगीत क्रमशः मन्द हो रहा है। और फिर बिलकुल मौन। सूत्रधार और वाचिकाएँ सामने आते हैं और प्रकाश की किरणें एक-एक करके उन पर पड़ती हैं।]

सूत्रधार

यों कोणार्क के विमान के टूटते ही
अत्याचारी चालुक्य और उसके साथियों का विनाश हुआ।
...और विशु?
जिस विराट कल्पना को उसने साकार बनाया
उसी की गोद में उसे मृत्यु-शय्या मिली!
वे पाषाण-खंड, जिन्हें उसने जीवन दिया था।
उसके शव पर फूलों के समान बिखड़े पड़े रहे।
...उसके प्यारे बेटे ने ही तो वे फूल बिखेरे थे !
कैसा अनूठा है यह खँडहर!

[मन्द करुण वाद्य-संगीत]

दूसरी वाचिका

अनूठा खँडहर सोता है।
नहीं यह क्रूर काल का हास,
नहीं क्षणभंगुरता का वास,
प्रणय का नहीं करुण उच्छ्वास,

छिन्न आशाओं का अवसान—
नहीं खँडहर बन रोता है।

पहली वाचिका

रागिनी भग्न, किन्तु उद्दाम,
अरे यह तो है विजयी धाम
कि जिसमें जाग्रत् आठों याम,
कला की जोत; अटल विश्वास
जगाए, खँडहर सोता है
दूर वह खँडहर सोता है।

[मौन और प्रकाश]

परिशिष्ट : 1

निर्देशक और अभिनेताओं के लिए संकेत

(1) उपक्रम, उपकथन और उपसंहार मेरे नए प्रयोग हैं, जिनमें आप संस्कृत नाटकों की प्रस्तावना और पाश्चात्य नाटकों के 'प्रोलौग' और 'एपिलौग' एवं कोरस की झलक पाएँगे। मुख्य नाटक की गति इतनी तीव्र और अविच्छिन्न है कि नाटक प्रारम्भ होने से पूर्व दर्शकों की मानसिक पृष्ठभूमि तैयार करना, अंकों के बीच उन्हें कथा प्रवाह और भाव-प्रवाह से अवगत कराना और समाप्त होते ही उनकी उद्वेलित और विशृंखल मानसिक दशा को संकलित करना मैंने ज़रूरी समझा। इस तरह दर्शकों की संवेदनशीलता को क्रमशः चढ़ाव (आरोह) और उतार (अवरोह) का मौक़ा देना मेरा लक्ष्य है।

सूत्रधार पुरुष है, और उसके दो साथी स्त्री हो सकती हैं, (वाचिकाएँ) अथवा पुरुष (वाचक)। नाटक में अन्यत्र कोई स्त्री पात्र नहीं है; इसलिए विविधता की दृष्टि से अच्छा यही होगा कि स्त्री वाचिकाएँ हों। सामूहिक रूप से तीनों को 'वृन्दवार्तिक' की संज्ञा दी जा सकती है। सूत्रधार गद्य बोलता है, वाचिकाएँ पद्य। दोनों ही की वाणी साधारण संवाद के स्तर से ऊपर काव्य-सुलभ कल्पना और भावव्यंजना के स्तर पर विचरती हैं। किन्तु ध्यान यह रखना है कि तीनों ही कथानक के बारे में कई आवश्यक बातें बताते हैं, जिनसे कहानी समझ में आती है। वाचिकाएँ एक-दूसरे से भी बातें करती हैं और सूत्रधार से भी प्रश्न पूछती हैं। सूत्रधार उनकी और दर्शकों की जिज्ञासा पूरी भी करता है और जाग्रत् भी

रखता है, एवं आनेवाले अंकों की ओर संकेत करता है।

स्पष्ट है कि सूत्रधार और वाचिकाएँ तभी सार्थक होंगे जबकि उनका एक-एक शब्द प्रत्येक दर्शक को बिलकुल साफ़ सुनाई दे। इसलिए उनको गाना नहीं चाहिए, वार्ता कहनी चाहिए; पद्य भी गाया नहीं जाए, उच्च स्वर में घोषित किया जाए। स्वरों में वार्तालाप की-सी विविधता हो। वाणी के साथ-साथ हाथों से संकेत और चेहरे पर भावाभिनय द्वारा वार्ता और पद्य के अर्थ को और भी स्पष्ट किया जाए। मतलब यह कि सूत्रधार और वाचिकाएँ अनुभवी और सिद्धहस्त अभिनेता-अभिनेत्री ही होने चाहिए।

इन लोगों के पद्य और वार्ताओं के बीच वाद्य-संगीत आता है जो कोणार्क के निकटवर्ती सागर की विराट हलचल एवं भावानुकूल विविधता का प्रतीक है। किन्तु यदि वाद्य-संगीत की हलचल में शब्द खो जाएँ तो सारा नाटक ही ढेर हो जाएगा। ऐसा प्रायः नाट्य-प्रदर्शनों में हो जाता है। इसीलिए मैंने वाद्य-संगीत को वाक्यों और पदों के मध्यान्तर रखा है, साथ-साथ नहीं। यदि इस बात पर ध्यान नहीं दिया गया तो अभिनय निश्चय ही असफल होगा।

(2) उपक्रम और उपसंहार में खँडहर की झलक दिखाने के कई तरीके हो सकते हैं, जिनका व्यवहार निर्देशक के साधनों और कुशलता पर निर्भर है। सबसे अच्छा तरीका श्री उदयशंकर का 'बैक प्रोजेक्शन टेकनिक' है, जिसका उन्होंने अपने 'रामलीला' तक अन्य बैले में व्यवहार किया है। इसमें एक स्लाइड पर रंगीन चित्र अंकित कर पीछे से एक प्रोजेक्टर के आगे इस तरह रखा जाता है कि सामनेवाले सफ़ेद पर्दे पर उसका बृहदाकार बिम्ब पड़े। दूसरा सुझाव यह है कि सफ़ेद पर्दे के पीछे कुछ दूर पर कार्ड-बोर्ड में काटे हुए खँडहर के मॉडल को रखकर उसकी ओट से पर्दे पर रोशनी फेंकिए, जिससे पर्दे पर मन्दिर की रूप-रेखा की छाया-दृष्टिगोचर होगी। जिस सफ़ेद पर्दे पर छाया डाली जाए, वह यवनिका (ड्राप कर्टेन) के फ़ौरन बाद होना चाहिए, जिससे रंगमंच के शेष भाग पर मुख्य दृश्य तैयार रहे और उपक्रम समाप्त होते ही प्रथम अंक के पहले वाक्य सुन पड़ें।

खँडहर के चित्र के लिए कार्ड-बोर्ड का मॉडल तैयार किया जा सकता है।

यदि आपके पास साधन नहीं हैं, तो छाया-चित्र दिखाने के बजाय एक गहरे नीले या काले पर्दे पर खड़िया से खँडहर की रूपरेखा खींच दीजिए। उसी से काम चल जाएगा। यह पर्दा भी 'ड्राप कर्टेन' के तुरन्त पीछे होना चाहिए और शीघ्रता से गिराया या खींचा जाना चाहिए।

(3) मैंने हर अंक में रंगमंच की जैसी कल्पना की है, उसका रेखाचित्र दे दिया है। प्रथम और द्वितीय अंक विशु के कक्ष में होते हैं और तीसरा मुख्य मन्दिर के सामने वाले अन्तराल (बरामदे) में। विशु के कक्ष से, खिड़की में से, पूरे मन्दिर की झलक नहीं मिलती, केवल कुछ हिस्सा दीख पड़ता है। खिड़की के पीछे पर्दे पर चित्र खींचकर डाल दीजिए और उस पर हलका प्रकाश फेंकिए। साधन न हो, तो दिखाने की ज़रूरत भी नहीं। उसके बिना भी काम चल सकता है।

(4) प्रथम अंक के प्रारम्भिक अंश में पुरानी कथा का उल्लेख और बातचीत अधिक है; 'ऐक्शन' कम। इसलिए एकरसता दूर करने के लिए अभिनेताओं को स्वाभाविक रूप से कभी-कभी स्थान परिवर्तन करना चाहिए। स्वर में विविधता का बराबर ध्यान रहे। अभिनय की सुविधा के लिए यदि संवाद के कुछ अंशों को छोड़ना पड़े, तो मुझे कोई आपत्ति नहीं; लेकिन ध्यान यह रखना है कि कथासूत्र के लिए अनिवार्य कोई वाक्य न छूटे।

(5) पहले और दूसरे अंकों के आख़िर में दो-चार वाक्य दर्शकों की उत्सुकता जाग्रत् करने के विचार से लिखे गए हैं। उनकी महत्ता को यथोचित रीति से उभारना चाहिए। दूसरे अंक से संवाद भावावेश और नाटकीय गति का वाहन है। लेकिन बराबर एक-न-एक घटना का ताँता लगा रहता है, इसलिए संवाद में प्रथम अंक की अपेक्षा अधिक मुस्तैदी और स्वाभाविकता होनी चाहिए।

(6) तीसरे अंक के पूर्वार्द्ध में संवाद काव्य-सुलभ सुकोमलता की सतह पर चलता है; इसलिए कुछ विलम्बित गति और आत्मविभोरता की गुंजाइश है, लेकिन प्रायः देखा जाता है कि हमारे अभिनेता काव्यमय

वाक्यों को कहते-कहते कभी-कभी इतने विभोर हो जाते हैं कि शब्दों के स्पष्ट और श्रव्य उच्चारण का उन्हें ध्यान ही नहीं रहता। सच्ची बात तो यह है कि यदि उच्चारण साफ़ और स्वर दूर तक सुना जानेवाला न हो तो सुन्दर-से-सुन्दर शब्द-समूह केवल विक्षिप्त प्रलाप-सा रह जाता है।

विशु जब अकेला मूर्ति को सम्बोधित करके बोलता है, तब उसके एक-एक वाक्य की निजी सत्ता है। लगभग हर वाक्य के बाद थोड़ा विराम है और उसके बाद स्वर भिन्न होना चाहिए, मुद्रा भी भिन्न होनी चाहिए।

जब उत्तरार्द्ध में पत्थर पर चोट की आवाज़ आती है, तब ध्यान रखिए कि कोलाहल और पत्थर गिरने की आवाज़ कथोपकथन के बीच-बीच में हों, उनके साथ-साथ नहीं, वरना शब्द सुनाई नहीं पड़ेंगे और दर्शक कथासूत्र से वंचित हो जाएगा।

नेपथ्य से विशु की आवाज़ और कुदाली चलने के स्वर में कुछ सम्बन्ध होना चाहिए। ठीक यही होगा कि विशु ही स्वयं कुदाली चलाए ताकि वह अपने शब्दों पर कुदाली की ध्वनि को हावी न हो जाने दे।

(7) तीसरे अंक में पत्थर टूटने और मन्दिर गिराने की कठिनाइयों की कल्पना करके आप उस अंक के विषय में गलत धारणा न बना लीजिए। पत्थर टूटने, मूर्ति गिरने और मन्दिर के विमान के ढहने की सारी प्रक्रियाएँ बैक-ग्राउंड में होती हैं। असल में तो मूर्ति जिस गर्भ-गृह में स्थित है, वह भी बैक-ग्राउंड में ही है और हमें उसकी झलक-मात्र ही मिलती है। जिस स्थान पर बातचीत होती है, वह तो गर्भगृह का अन्तराल है और जब तक उस पर पत्थर गिरें, उससे पूर्व तो पर्दा ही गिर जाना चाहिए। मैंने इस अंक का जो रेखाचित्र दिया है, उससे यह बात साफ़ हो जाती है।

मूर्ति कार्ड-बोर्ड की हो सकती है लेकिन 'प्लास्टर ऑफ़ पेरिस' की अधिक जँचेगी। कलकत्ते के पास कृष्णनगर के मूर्तिकार साधारण मिट्‌टी और भूसे से ही ऐसी मूर्तियाँ बनाते हैं। निराधार लटकने का आभास तार से लटकाकर दिया जा सकता

है। पुस्तक में अन्यत्र सूर्य भगवान की मूर्ति का एक चित्र दे दिया गया है।

अन्तिम अंश में संवाद और नाटकीय गति (Action) का तारतम्य भलीभाँति तभी निबाहा जा सकता है, जब अभिनेताओं को 'प्रॉम्पटर' के सहारे की बिलकुल ज़रूरत न पड़े। यदि 'पार्ट' भलीभाँति याद न हो तो तीसरा अंक तो सफल हो ही नहीं सकता। अन्धकार और वाद्य संगीत के द्वारा उत्तरार्द्ध की कुछ कठिनाइयों पर आसानी से विजय मिल सकती है।

(8) वेश-भूषा के लिए देखिए अजन्ता के चित्र और कोणार्क और भुवनेश्वर की ही कुछ मूर्तियों के चित्र जो पुरातत्व विभाग, नई दिल्ली से मिल सकते हैं; ऐसी दो मूर्तियों के रेखाचित्र पुस्तक में अन्यत्र दिये गए हैं। अकसर लोग राजसी वेश-भूषा की तड़क-भड़क दिखाने के लिए मुगल-युग के कपड़े प्राचीन नाटकों के पात्रों को भी पहना देते हैं। ऐसी बातें नाटकीय प्रभाव को बढ़ाने की बजाय उसे क्षीण कर देती हैं। शिल्पियों की वेश-भूषा तो सादी ही होनी चाहिए।*

(9) 'साइड विंग' सीधे-सादे रखिए या प्राचीन-स्तम्भों की भाँति एकरंगे। पारसी थियेटर के रंगे-बिरंगे विंग न लगाइए। सौम्यश्री की मूर्ति का एक साइड विंग पर ही संकेत होना चाहिए।

(10) निर्देशक और संयोजक यह समझ लें कि नाटक की सफलता सेटिंग और तड़क-भड़क पर इतनी निर्भर नहीं करती, जितनी अभिनय की उत्कृष्टता पर। हम लोगों की नाटक-मंडलियों में काम करनेवालों की संख्या कम होती है और समझदारों की और भी कम। ये इने-गिने लोग भी यदि अपनी सारी शक्ति भारी पर्दे और चमत्कारपूर्ण 'इफ़ैक्ट' तैयार करने में लगा दें, तो नाटक सिनेमा की भद्दी नकल बनकर रह जाएगा। सिनेमा से एक कुशल निर्देशक बहुत कुछ सीख सकता है, लेकिन सिनेमा और नाटक के प्रधान अन्तर को

---

* डॉ. मोतीचन्द लिखित 'प्राचीन भारतीय वेश-भूषा' जो भारती भंडार, प्रयाग द्वारा प्रकाशित हुई है, हिन्दी में इस विषय पर पहली पुस्तक है और नाट्यशालाओं के लिए तो बहुत ही उपयोगी है।

समझ लेना आवश्यक है। सिनेमा में जो चमत्कार स्वाभाविक जान पड़ते हैं, उनका नाटक में ज्यों-का-त्यों आरोप करना बेकार है। यहाँ तो संवाद और अभिनय की चमत्कार से अधिक महत्ता है और इसलिए उन्हीं पर विशेष जोर डालना चाहिए।

(11) अन्त में एक विशेष निवेदन है। नाटक का अभिनय करने से पूर्व लेखक को सूचना अवश्य दीजिए और अभिनय के बाद अपने अनुभवानुसार नाटक के भिन्न-भिन्न पहलुओं पर अपने विचार भी लिख भेजिए।

परिशिष्ट : 2

उदय की वेला में हिन्दी रंगमंच और नाटक*

भारतीय रंगमंच और नाटक के पारस्परिक सम्बन्ध और विकास की चर्चा करते हुए मैंने पहले भी यह मत प्रकट किया था कि सिनेमा के प्रचंड वैभव के बावजूद हमारे रंगमंच का पुनरुत्थान अवश्यम्भावी है, क्योंकि सिनेमा मनोरंजन की चाह को पूरा करता है, परन्तु संस्कारों के भार से दबी और भूली-सी अभिनयात्मक आदिम प्रवृत्ति को पूरा-पूरा मौका नहीं देता और न दर्शकों को अभिनेताओं के मायावी लोक में अपनी हस्ती खो देने का निमंत्रण देता है। सिनेमा के पर्दे पर चलती-फिरती और जादूगरी से बोलनेवाली मूर्तियों से प्रदर्शन के समय रागात्मक सम्बन्ध स्थापित होना उतना ही दूभर है, जितना किसी स्वप्न-सुन्दरी से नाता जुड़ना।

किन्तु कौन-सा वह रंगमंच होगा और कैसी वह नाट्यशैली, जो आधुनिक मनोरंजन के अपूर्व साधनों से लोहा लिये बिना फिर से हमारे समाज में उपयुक्त स्थान पा सकें।

यदि हिन्दी में राष्ट्रीय रंगमंच के उदय से तात्पर्य है अभिनय के नियम, रंगशाला की बनावट, प्रदर्शन की विधि, इन सभी के लिए एक सर्वस्वीकृत परम्परा और शैली की अवतारणा होना, तो ऐसे रंगमंच का अस्त भी शीघ्र ही होगा। राष्ट्रीय रंगमंच की धारणा के पीछे राजनीतिक ऐक्य के लक्ष्य का आग्रह है। गुलामी के बादलों में से उगते हुए समाज की प्रत्येक चेष्टा में राजनीतिक विचारों का प्रभाव हो, यह स्वाभाविक ही है। दुनिया में जहाँ कहीं राष्ट्रनिर्माण की ओर मानव-समाज झुका वहीं निर्माण के प्रत्येक क्षेत्र पर राजनीतिक विचारधारा ने आसन जा फैलाया। एक भाषा, एक राष्ट्र, एक शिक्षा-प्रणाली

* सन् 1950 ई. में पटना कॉलेज साहित्य परिषद के लिए लिखा गया निबन्ध।

और एक संस्कृति, यह नारा विभिन्न देशों और विभिन युगों में उठाया जा चुका है और आज भारत में भी इसकी गूँज है, किन्तु और क्षेत्रों में इसका जो भी फल हो, सांस्कृतिक विकास के लिए यह सौदा प्रायः महँगा ही बैठता है। अठारहवीं सदी के अन्त में जर्मनी, जो उस समय तक विशृंखल रियासतों का समूह मात्र था, अपने आधुनिक राष्ट्रीय एकता के आदर्श की ओर तीव्र गति से अग्रसर हो रहा था। तभी एक जर्मन संस्कृति के नाम पर जर्मन राष्ट्रीय रंगमंच के निर्माण में तत्कालीन जर्मन नेताओं ने उग्र कट्टरता के साथ हाथ लगाया। परिणामतः रंगमंच की एकांगी उन्नति तो हुई, किन्तु साथ ही जर्मनी का पुरातन दरबारी रंगमंच, जिसकी समृद्धि में विभिन्न वर्गों के पारस्परिक सम्बन्धों की छटा स्फुटित हुई थी, मटियामेट हो गया। उससे भी अधिक हानि हुई घूमती-फिरती नाटक-मंडलियों के हास्य के कारण। इन घुमन्तू अभिनेताओं के माध्यम से जर्मनी की साधारण जनता बोलती थी। उसके स्थान पर राष्ट्रीय एकता से अभिप्रेरित एक विशिष्ट शैली के रंगमंच की स्थापना हुई और वही शैली जर्मनी के विभिन्न नगरों में प्रचलित होती गई।

मुझे आशंका है कि कहीं वैसी ही भूल हम लोग भी अपनी आजादी के उषःकाल में न कर बैठें। स्वाधीन भारत को राजनीतिक एकता की जरूरत है किन्तु भारतीय संस्कृति के लिए विविधता अपेक्षणीय है। जो एक के लिए अमृत है दूसरे के लिए विष। जिन बादलों को बरसकर धरती को अन्न देना है, वे एक रंग के हों, इसी में कल्याण है, पर जो सूर्य की किरणों से ज्योतित हो हमारी सौन्दर्याभिलाषिणी आत्मा को तृप्त करें, ऐसे बादलों को तो सतरंगी ही होना है।

अतः राजनीतिक दृष्टिकोण से राष्ट्रीय रंगमंच की रूपरेखा निश्चित नहीं की जा सकती, न ही की जानी चाहिए। यह कहा जा सकता है कि अठारहवीं सदी के जर्मनी में रंगमंच की विविध जीवित परम्पराएँ थीं, किन्तु हमारे यहाँ तो साफ मैदान है, जैसी चाहें इमारत तैयार कर लें, कुछ नष्ट करने का डर नहीं। किन्तु यह भूल है। इसी भूल के कारण भारतीय समाज और साहित्य की वर्तमान शुष्क बालुकाराशि के नीचे जो अन्तःसलिला धारा बहती रही है, उसमें डुबकी लगाए बगैर ही पिछले पचीस-तीस बरसों के हिन्दी-नाटककार, प्रतिभा और प्रयास के होते हुए भी, जीवन्त नाट्य-साहित्य तैयार नहीं कर सके। एक शौकीनी (एमेचर) रंगमंच की स्थापना हुई है, सो भी प्रसादोत्तर

काल में। यह रंगमंच गतिशील है, स्वस्थ है और समाज के एक वर्ग-विशेष की अनिवार्य माँग की पूर्ति करता है। इसलिए इसका भविष्य उज्ज्वल है। एमेचर रंगमंच पाश्चात्य साहित्य के संसर्ग से उद्भूत नाटकीय प्रेरणा की अभिव्यक्ति है और इसके द्वारा एक नई परम्परा की प्रतिष्ठा रखी है जिसे हमें कायम रखना है।

किन्तु जैसा मैंने ऊपर कहा है, हमें विस्मृत परम्पराओं की धाराओं की टोह भी लगानी है और उनके लिए मार्ग प्रशस्त करने में ही हमारा सांस्कृतिक नवनिर्माण सफल हो सकेगा। एक अन्तःसलिला धारा थी संस्कृत नाटक-साहित्य में परिलक्षित रंगमंच की, ऐसा रंगमंच जो अपने उत्कर्ष-काल में एक अनुपम सामंजस्यपूर्ण संस्कृति का परिचायक था, जिसके विभिन्न अंगों के सन्तुलन में नागरिक जीवन की सर्वांगीणता सन्निहित थी और जिसके प्रतिबन्धों में शताब्दियों के अनुभव से अर्जित ज्ञान का नियंत्रण। भारतेन्दु हरिश्चन्द्र ने इस परम्परा को उबारा सदियों के बाद। उनकी प्रतिभा की प्रचंड किरणों ने विस्मृति की अभेद्य कारा को खंडित किया, और वसन्त के लुभावने समीरण के स्पर्श से हिन्दी रंगमंच जाग उठा।

भारतेन्दु द्वारा प्रतिष्ठित धारा का अवसान हिन्दी-साहित्य के आधुनिक इतिहास में एक महान दुर्घटना थी। क्यों ऐसा हुआ, इसकी भी अपनी कहानी है, जिसकी ओर हिन्दी-साहित्य के इतिहासकार का ध्यान आना चाहिए। यहाँ संकेत के तौर पर इतना कहना काफी होगा कि विचारक्षेत्र में उत्तर प्रदेश के आर्यसमाजी सुधारवादी सिद्धान्त, सामाजिक क्षेत्र में हिन्दी-भाषी प्रान्तों के उच्चवर्गीय नेताओं की संस्कृति-शून्यता, राजनीतिक क्षेत्र में स्वतंत्रता-युद्ध के परिणामस्वरूप आदर्शवादी निग्रह (Puritanism) की भावना और भाषा के क्षेत्र में द्विवेदी जी के नेतृत्व में शुद्धता और इतिवृत्तात्मक अभिव्यंजना का आन्दोलन, सभी, किसी-न-किसी रूप अथवा परिस्थिति में भारतेन्दु की रस-प्रवाहिनी निर्झरिणी के लिए मरुस्थलतुल्य प्राणान्तक सिद्ध हुए। इस तरह हिन्दी रंगमंच के उत्थान का प्रथम प्रयास, जिसका प्राचीन संस्कृत रंगमंच से लगाव था, अधूरा ही रह गया। बाद में जो नया दौर चला, उसकी प्रेरणा कहीं और से ही आई और प्रसाद जी के नाटक तो एक कल्पनाजन्य रंगमंच को आधार मानकर प्रणीत हुए।

क्या अब पुनः उस अधूरे यज्ञ की परिणति हो सकती है? क्या उसकी

आवश्यकता भी है इस युद्धोत्तर जनवादी युग में? मैं कहूँगा, हाँ। संस्कृत नाटक की परम्परा नूतन हिन्दी रंगमंच के बहुमुखी विकास की एक प्रधान शैली के बीच विद्यमान है।

यदि पाश्चात्य यथार्थवादी रंगमंच से प्रभावित हो हमारे स्कूल, कॉलेजों और क्लबों द्वारा एमेचर रंगमंच की अभिवृद्धि होगी, तो प्राचीन संस्कृत-पद्धति का आधार ले और बैले इत्यादि के साधनों से सम्पन्न हो एक नागरिक (Urban) और व्यावसायिक (Professional) रंगमंच भी हमारे प्रमुख नगरों में प्रस्तुत हो सकता है। ऐसे रंगमंच के लिए संस्कृत रंगमंच की कमनीयता, इसका सुरम्य वातावरण वांछनीय है; रंगशाला की सजावट, उसके विभिन्न अंगों का वितरण, संगीत और नृत्य का प्रचुर प्रयोग–इन सभी विषयों में संस्कृत रंगमंच की विशिष्ट धरोहर है। सिनेमा और चित्ताकर्षक नृत्य-प्रदर्शन के इस युग में कोई भी व्यावसायिक और नागरिक रंगमंच जीवन को यथातथ्य प्रतिबिम्बित करनेवाले दृश्यों के सहारे नहीं पनप सकता; किन्तु हृदयग्राही और नयनाभिराम होने के लिए हिन्दी रंगमंच को पारसी थियेटर के कृत्रिम साधनों का सहारा नहीं लेना है और न आधुनिक पाश्चात्य नाट्यशालाओं की प्रतीकवादी पृष्ठभूमि का दामन पकड़ना है। हम संस्कृत रंगमंच की ललित रंगपीठ, सरस स्वाभाविकता और शात्रोक्त मुद्राओं और भाव-भंगिमाओं से भरे-पूरे अभिनय को सहज ही अपना सकते हैं। अभी तक श्री पृथ्वीराज कपूर द्वारा प्रस्तुत किए गए नाटकों को देखने का मुझे अवसर नहीं मिला है, लेकिन यदि बम्बई में वे संस्कृत नृत्यशालाओं, वस्त्राभूषणों और अभिनय-कला की कुल विशेषताओं को अपने थियेटर में, प्रयोग रूप में ही सही, चालू करें, तो मेरा विश्वास है कि वे रुचिपरिमार्जन के साथ-साथ आभिजात्य वर्ग के नागरिकों का यथेष्ट मनोरंजन भी कर सकेंगे। ऐसा रंगमंच व्यावसायिक दृष्टि से असफल नहीं हो सकता; क्योंकि उसमें 'ओपरा' के गीति-प्रधान वातावरण और रमणीयता और सिनेमा की तीव्र गतिशीलता और नाटकीयता का अलभ्य सम्मिश्रण होगा। मुख्यतः यह रंगमंच नगरों और उत्सवों तक ही सीमित रह सकेगा।

राष्ट्रीय रंगमंच का तीसरा और शायद सबसे महत्त्वपूर्ण अंग होंगी देहाती नाटक मंडलियाँ। पिछले दिनों लोगों का ध्यान जनता के विचारों और व्यक्तित्व को प्रभावित करनेवाले इस अचूक साधन की ओर गया है और

कम्युनिस्ट पार्टी ने तो अपने पीपुल्स थियेटर द्वारा आरम्भ के दिनों में निस्सन्देह कला का यथेष्ट कल्याण किया; किन्तु कम्युनिस्ट कलाकारों को सिद्धान्त की वेदी पर बेदर्दी के साथ सौन्दर्य का बलिदान करना पड़ता है और इसलिए निकट भविष्य में तो पीपुल्स थियेटर राष्ट्रीय रंगमंच को शायद ही समृद्ध कर सके। दूसरे, यद्यपि पूर्वी बंगाल, तेलंगाना और पश्चिमी मालावार के कुछ हिस्सों में कम्युनिस्ट मंडलियों को देहाती अभिनेताओं और गायकों इत्यादि का सहयोग अंशतः मिल सका, तथापि हिन्दी-भाषी प्रदेशों में ये मंडलियाँ प्रायः पढ़े-लिखे मध्यवर्गीय उग्र विचारवान प्रतिभाशाली और उत्साही नवयुवकों की बानगी बनकर ही रह गईं। ये मध्यवर्गीय नवयुवक, जिन्होंने शहरों में रहकर, पाश्चात्य विद्वानों की पुस्तकों के आधार पर अपनी विचार-शैली निर्धारित की थी, अपने प्रगतिशील सिद्धान्तों की खातिर ऐसा जान पड़ता था, देहाती पोशाक पहन लेते थे। उन्होंने पढ़ा कि रूस में जनता का नाटक पार्टी की प्रेरणा से खूब पनपा। इसलिए यहाँ भी उन्होंने देहाती नाम, देहाती समस्याओं और देहाती पोशाक का सहारा ले, मिली-जुली देहाती भाषा में बड़े शहरों में और कहीं-कहीं गाँवों में भी अपने सिद्धान्तों का प्रचार शुरू कर दिया। थोड़े दिन तो यह चीज खूब चमकी; किन्तु आकाश की जिस धारा ने धरती के नीचे प्रवाहित होनेवाले सोतों से नाता नहीं जोड़ा, वह तो ऊपर-ऊपर ही बहकर ढल जाती है। कम्युनिस्ट रंगमंच ने वस्तुतः बिहार, उत्तर प्रदेश और मध्य प्रदेश में देहातों में प्रचलित और लोकप्रिय अभिनय-प्रणालियों से सम्बन्ध स्थापित नहीं किया और न इन देहातों में जौहर दिखलानेवाले अशिक्षित या अर्धशिक्षित अभिनेताओं और गायकों को अपनाया। उन्होंने उन प्रणालियों अथवा पद्धतियों का अंशतः अनुकरण तो किया, लेकिन चालू प्रणालियों से सीधा सम्बन्ध नहीं जोड़ा। शायद उसमें उन्हें ह्रासोन्मुख (Decadent) संस्कृति के चिह्न दीखे।

वस्तुतः हमें राष्ट्रीय रंगमंच के इस विशाल क्षेत्र को उर्वर बनाने के लिए उस लोक-रुचि की माँग को समझना होगा, जिसके सहारे अब भी इतनी नौटंकी पार्टियाँ और मंडलियाँ जीती रही हैं। छः-सात वर्ष हुए बिहार के एक साधारण-से ग्राम में दौरा करते समय मुझे उस गाँव की ही एक मंडली द्वारा प्रस्तुत किया गया नाटक देखने का अवसर मिला। ठठ-के-ठठ पुरुष और नारी जमा थे। स्टेज के नाम पर एक चौकी। एक ढोलकवाला था। अभिनेता

कुल चार या पाँच। दर्शक तीन तरफ। न कोई पर्दा, न कोई विशेष सजावट। नाटक का नाम था 'जालिमसिंह' जो उत्तरी बिहार में खासा प्रसिद्ध है। अभिनय में कोई विशेष कला नहीं थी। कहानी अच्छी होते हुए भी उसमें कई अश्लील अंश थे। लेकिन मुझे लगा, जैसे उस नाटक के खेलनेवालों और चारों ओर उमड़नेवाली जनता में एक संशयहीन आत्मीयता हो, जिसका मैं एक अंग नहीं बन सका। उसके बाद बिहार और पूर्वी यू.पी. के भोजपुर इलाके के लोकप्रिय कलाकार भिखारी ठाकुर के विषय में बहुत-कुछ सुनकर और उनके 'विदेसिया' के नाम पर जुट पड़नेवाली जनता की मनोवृत्ति का अध्ययन कर मैं इस निष्कर्ष पर पहुँचा हूँ कि देहाती रंगमंच उन आदिम अभिनयात्मक इच्छाओं की अभिव्यंजना है, जिसके बल पर ही सिनेमा के तीव्र प्रचार के बावजूद रंगमंच अपना अस्तित्व कायम रख सकता है।

देहाती रंगमंच की बुनियाद में अभिनेता और दर्शक के बीच वही तदात्मीयता (Mutual understanding) है, जिसका जिक्र मैं ऊपर कर आया हूँ। यह तभी सम्भव हो सकता है, जब नाटक-मंडली के अभिनेता और प्रबन्धक देहाती जनता की रुचि, इच्छा और माँग का अध्ययन करें। उसकी तथाकथित अश्लीलता या बेरोक रसानुभूति से नाक-भौं न सिकोड़ें और उच्च स्तर से आविर्भूत होनेवाले उपदेशकों की भाँति, नीति अथवा उद्धार की झड़ी न लगाएँ और न आर्थिक शोषण का जड़ोन्मूलन करने के लिए जनता को भावोद्वेलित करने की आशा करें। यह तो प्रधानतः मनोरंजन का क्षेत्र है। इसे परिमार्जित करने का एक ही मार्ग है, यानी जो मनोरंजन भोंडा है उसे सुन्दर, कलापूर्ण और स्वस्थ बनाया जाए। उदाहरणतः इन नाटकों में रंगमंच की सजावट में ग्रामीण कला को अवसर दिया जाए। चटाइयों पर गेरू से सुन्दर डिजाइन बनाकर मंच के उपपीठ पर लटकाए जाएँ। गाँव की स्त्रियाँ अल्पना अंकित करें। भद्दे शहरी पर्दों के स्थान पर बैक-ग्राउंड में जंगली पत्तियों और फूलों की लड़ियाँ टाँगी जाएँ। गाने-बजाने की बहुलता रहे। हारमोनियम के स्थान पर सारंगी और तबले के स्थान पर ढोलक हो। चूँकि पर्दे बदलने की तो गुंजाइश वहाँ होती नहीं है, इसलिए दृश्य-परिवर्तन और नाटक में धारा-प्रवाह को जारी रखने के लिए एक सूत्रधार रहे। वह अच्छा गायक और हाजिर-जवाब होना चाहिए। संस्कृत नाटकों में तो सूत्रधार प्रस्तावना के बाद गायक हो जाता था। लेकिन आधुनिक देहाती रंगमंच में उसकी बराबर

जरूरत पड़ेगी और उसका काम लगभग वही होगा, जो यूनानी नाटकों में कोरस द्वारा सम्पन्न होता था, यानी नाटक और दर्शकों के बीच सूत्र कायम रखना। स्थान-स्थान पर नाटक के कथानक के प्रति उत्सुकता जाग्रत् रखने के लिए, वह टिप्पणी देगा, अभिनेताओं को कपड़े बदलने का समय देने के लिए दर्शकों का मनोरंजन करेगा और नाटक के भावुक स्थलों पर भावावेग के अनुकूल गीत सुनाकर उसी प्रकार नाटकीय संवेदना का संवर्धन करेगा, जैसे आधुनिक सिनेमा और रेडियो-रूपक में पार्श्व संगीत।

अभिनेता, जहाँ तक हो सके, देहातों में से ही लिये जाएँ, यद्यपि सूत्रधार का आधुनिक संस्कृति और ज्ञानराशि से परिचित होना आवश्यक है। मैंने ग्रामीण जनता के सभी वर्गों में कुशल अभिनय की दक्षता रखनेवाले व्यक्तियों को पाया है। थोड़ी ट्रेनिंग से उनकी योग्यता निखर जाएगी, इसमें कोई सन्देह नहीं। देहाती नृत्य और सम्मिलित संगीत उस रंगमंच के महत्त्वपूर्ण अंग रहेंगे। हर प्रदेश के अपने-अपने जन-नृत्य हैं, जिनका बड़े-बड़े नगरों की अत्याधुनिक रंगशालाओं में नए फैशन के युवक-युवतियों द्वारा शौकीनी प्रदर्शन पिछले दिनों खूब किया गया है। लेकिन ठेठ देहात में, जहाँ की यह चीज है, नैसर्गिक वातावरण में देहाती युवक-युवतियों को ही अपने रंगमंच पर प्रदर्शन करने के लिए कहाँ तक उत्साहित और संगठित किया जा रहा है, इसमें मुझे बहुत-कुछ सन्देह है।

देहाती रंगमंच का संगठित रूप क्या है और उसकी अन्य क्या विशेषताएँ होनी चाहिए, इस विषय पर सविस्तार भविष्य में लिखूँगा। क्योंकि इस क्षेत्र में कुछ क्रियात्मक अनुभव प्राप्त कर लेने के बाद ही मुझे विचार प्रकट करने का पूर्ण अधिकार हो सकता है। पिछले छः वर्षों से वार्षिक वैशाली महोत्सव के अवसर पर मैं इस ढंग के देहाती रंगमंच की कल्पना को कार्यरूप में परिणत करने की चेष्टा करता हूँ। कुछ सफलता भी मिली है, क्योंकि वैशाली तो एक गाँव ही है, रेलवे स्टेशन से 23 मील दूर और चाहने पर भी वहाँ नगर के साधन उपलब्ध नहीं हो सकते। ग्रामीण अभिनेता, ग्रामीण दर्शक, ग्रामीण उपादान सभी मिल जाते हैं। निर्देशन हम लोगों का होता है और विशेषतः सजावट का निर्देशन कलाकार उपेन्द्र महारथी का। फिर भी कार्यक्रम में कॉलेज के नवयुवकों द्वारा प्रस्तुत नाटक शामिल करने ही पड़ते रहे हैं। शायद भविष्य में अधिक सफलता मिले।

इस वर्ष से बिहार में सरकार की ओर से सांस्कृतिक चेतना-सम्बन्धी योजना में हम लोगों ने देहाती रंगमंच के विकास के उद्देश्य से मोद-मंडलियों की स्थापना की है। योजना सरकारी है और इसलिए उसकी गति गजगामिनी की-सी है। स्वरूप भी वैसा हो, तो शिकायत की गुंजाइश न रहेगी किन्तु सांस्कृतिक क्षेत्र में निश्चित रूप से यह पहला सरकारी कदम है और फूँक-फूँककर उठाया जा रहा है। लोगों को भी यकीन नहीं होता कि इसके पीछे कोई और तो चाल नहीं है। यदि यह तजुर्बा अंशतः भी सफल हुआ तो मैं एक या दो वर्ष बाद इसकी पूरी कथा हिन्दी पाठकों के सामने रखूँगा।

ऊपर के विवरण से यह बात स्पष्ट हो जाती है कि आज दिन हिन्दी-भाषाभाषी प्रदेशों में राष्ट्रीय रंगमंच का क्रमिक निर्माण तीन पहलुओं में हो रहा है। मेरे विचार से इन्हीं तीन शैलियों में भावी हिन्दी रंगमंच की रूपरेखा सन्निहित है, यानी–1. यथार्थवादी, एमेचर (शौकीनी) रंगमंच, 2. प्राचीन नाट्य परम्परा से प्रेरित किन्तु आधुनिक व्यावसायिक साधनों से सम्पन्न नागरिक (Urban) रंगमंच और 3. परिमार्जित और संशोधित रूप में देहाती रंगमंच। यदि हमारे उदीयमान नाटककार, उत्साही निर्देशक और अभिनेता इन प्रवृत्तियों को नजर में रखते हुए अपनी कार्य-प्रणालियाँ निर्धारित करें, तो बहुत-सी बेकार मेहनत बच जाए और हिन्दी राष्ट्रीय रंगमंच और नाट्य-साहित्य की वास्तविक उन्नति हो।

इससे पहले कि इन प्रवृत्तियों के अनुकूल नाट्य-साहित्य की आवश्यकताओं की ओर मैं इशारा करूँ, यह जरूरी है कि हमारे रंगमंच के पुनर्निर्माण काल की दो प्रबल शक्तियों यानी सिनेमा और रेडियो का जो प्रभाव इन तीन ध ाराओं पर पड़ रहा है, या पड़ सकता है, उसका भी कुछ अन्दाजा लगा लिया जाए। सिनेमा को मैं रंगमंच का घातक मानने के लिए तैयार नहीं। मेरे विचार में तो सिनेमा ने रंगमंच के पुनरुत्थान के लिए अनुकूल वातावरण पैदा कर दिया है। सदियों से भारतवर्ष की जनता नाट्य और अभिनयकला की ओर से उदासीन हो चली थी। लोकरुचि पर काई जम गई थी और उच्च सांस्कृतिक क्षेत्र में अभिनय और नृत्य-प्रदर्शन का कोई स्थान नहीं रह गया था। सिनेमा ने उस काई को काटकर फेंक दिया और देखते-ही-देखते अभिनय और कलात्मक प्रदर्शन हमारे सामाजिक जीवन का एक प्रधान अंग बन गए।

यह सच है कि सिनेमा की लोकप्रियता ने पारसी थियेटर को नष्ट कर

दिया, लेकिन उसके विनाश का कारण सिनेमा के आधुनिक मशीनयुग के साधन ही नहीं थे, बल्कि अभिनयकला का एक नवीन दृष्टिकोण भी। सिनेमा ने जब यह दिखाया कि यथार्थ जीवन में जैसी बातचीत, जैसा व्यवहार, जैसी भाव-भंगिमाएँ होती हैं, वैसी ही नाटकों में प्रदर्शित की जा सकती हैं, तो पारसी थियेटर के जोशीले भाषण, फड़कती हुई शेरें और तमककर बोलने की परिपाटी अपना सारा आकर्षण खो बैठे। 'चन्द्रकान्ता सन्तति' के तिलिस्म को जैसे प्रेमचन्द के यथार्थवादी उपन्यासों ने ढहा दिया, ऐसे ही सिनेमा ने पारसी थियेटर के शीशमहल को खँडहर बना दिया। नतीजा यह हुआ कि जब इब्सन, शा, गाल्सवर्दी इत्यादि से प्रेरित होकर उत्तर भारत के कुछ नगरों में एमेचर रंगमंच का आविर्भाव हुआ, तो सिनेमा के उदाहरण ने उसके यथार्थवाद के लिए दर्शकों को तैयार कर दिया। एकांकी की उन्नति में सिनेमा का कितना जबरदस्त हाथ रहा है, इस पर शायद एकांकी-लेखकों ने भी विचार नहीं किया है। भारतवर्ष में बोलते सिनेमा के प्रचार से पूर्व यदि यथार्थवादी, विशेषतः सामाजिक नाटक लिखे जाते, तो उनको रंगमंच पर उतारना शायद असम्भव हो जाता। रंगमंच पर दैनिक जीवन का यथातथ्य प्रदर्शन हो, इसकी कल्पना भी दर्शक-समाज नहीं कर सकता था। लोकरुचि में इतनी बड़ी क्रान्ति करके सिनेमा ने स्वाभाविक अभिनय की कला को रंगमंच पर ला बैठाया। तो क्या यथार्थवादी एमेचर रंगमंच ही को सिनेमा कुछ दे सका है? यदि हिन्दी राष्ट्रीय रंगमंच के उत्थान में सिनेमा की केवल इतनी ही उपयोगिता रहती, तो उसका कोई स्थायी मूल्य नहीं होता, क्योंकि कोई भी यथार्थवादी रंगमंच, कम-से-कम भारतवर्ष में, जीवन के यथातथ्य चित्रण में सिनेमा से बाजी नहीं ले जा सकता। लेकिन मैं ऊपर कह आया हूँ कि हिन्दी रंगमंच की तीन धाराओं में से एक यानी नागरिक, व्यावसायिक रंगमंच यथार्थवादी नहीं होगी। उसकी विशेषताएँ होंगी काव्य-सुलभ रसानुभूति से परिपूर्ण वातावरण, मर्मस्पशी और सहज स्वाभाविकता एवं शास्त्रोक्त मुद्राओं से सम्पन्न अभिनय और नृत्य, संगीत और नयनाभिराम दृश्यों से अलंकृत प्रदर्शन (Spectacle)। ये विशेषताएँ नागरिक रंगमंच को न सिर्फ संस्कृत रंगमंच से मिलेंगी, बल्कि भारतीय सिनेमा की उस नवीन शैली से भी, जिनके उदाहरण के तौर पर विद्यापति, वसन्तसेना, नर्तकी, रामराज्य, पुकार और अनेक पौराणिक फिल्मों का नाम लिया जा सकता है। इस शैली से नागरिक

रंगमंच भव्य वातावरण प्रस्तुत करने के उपाय ले सकता है। प्रकाश और अन्धकार का समुचित व्यवहार संवेदन के संवर्धन में कैसे किया जा सकता है, भावोद्रेक जताने के लिए क्योंकर संवाद में गति लाई जा सकती है, गीत और नृत्य कैसे स्थलों में प्रभावोत्पादक हो सकते हैं—इन सभी महत्त्वपूर्ण पहलुओं पर सिनेमा की इस नई शैली ने प्रचुर प्रयोग किए हैं, नागरिक रंगमंच जिससे यथेष्ट लाभ उठाएगा।

अतः यदि भारतीय सिनेमा को भावी हिन्दी राष्ट्रीय रंगमंच की प्रयोगशाला कहा जाए, तो कोई अत्युक्ति न होगी। रेडियो की छाप भी उस पर निश्चय ही रह जाएगी। हिन्दी साहित्य का इतिहास मुक्त कंठ से यह स्वीकार करेगा कि ऑल इंडिया रेडियो ने हिन्दी में नाट्य रचना को फिर से सार्थकता प्रदान की। उसने न सिर्फ नए रूपककारों को प्रकाश में ला बैठाया, बल्कि पुरानी कृतियों के लिए भी एक नवीन क्षेत्र प्रस्तुत कर दिया। उसने एक नई माँग पेश की, जिसके जवाब में हिन्दी-लेखक को अपनी कलम साहित्य के इस विस्मृत क्षेत्र में चलानी पड़ रही है। इसके अतिरिक्त रेडियो-रूपक की कुछ ऐसी विशेषताएँ हैं, जिन्हें रंगमंच के लिए नूतन उपकरण माना जा सकता है। पार्श्व संगीत की टेकनीक को रेडियो ने खूब निखार दिया है। अभिनय-कला में स्वर-सन्धान की महत्ता रेडियो ने ही पहले-पहल स्थापित की है और भाव-भंगिमा के अभाव में स्वर में चित्रोपमता की क्षमता ला देना यह अभिनय-कला को रेडियो की एक स्थायी देन है। भावी रंगमंच इन नए उपकरणों को निश्चय ही अपनावेगा।

उत्तरी भारतवर्ष में नाट्य-साहित्य का लोप आप-ही-आप नहीं हुआ था। मुसलमानी राज्य में धार्मिक कट्टरता ने मूर्ति-कला और रंगमंच दोनों पर प्रहार किया। राज्य का प्रश्रय मिला नहीं और जनता भयाक्रान्त हो मनोरंजन से विमुख हो गई। यों लगभग एक हजार वर्ष तक उत्तरी भारत में तो नाटक कोरे अध्ययन की सामग्री बनकर रह गया।

अब यदि एक हजार वर्ष बाद हम रंगमंच और रूपक-साहित्य को पुनर्जीवित करना चाहते हैं, तो यह क्रिया भी आप-ही-आप नहीं होगी। कविता भावुक हृदय से अनायास ही बह निकलनेवाली निर्झरिणी हो सकती है, यद्यपि उसकी तह में भी सामाजिक प्रेरणाओं का दबाव होता है, किन्तु

नाट्य-साहित्य का रंगमंच की माँग से सीधा सम्बन्ध है और रंगमंच स्वतः ही नहीं बनता। राष्ट्र और समाज, संस्कृति क्षेत्र के नेता और शासन, सभी को परम्परा, परिस्थिति और उपकरणों को ध्यान में रखते हुए नए रंगमंच की रूपरेखा निश्चित करनी है, और जहाँ तक सम्भव हो, उस निश्चित योजना के अनुसार साधन एकत्रित कर रंगमंच के आन्दोलन को चलाना है। ऐसे आन्दोलन के आग्रह से लेखक-समाज बच नहीं सकेगा, और कुछ ही समय में एक समृद्ध नाट्य-साहित्य की नींव पड़ जाएगी।

पिछले पृष्ठों में रंगमंच की जो त्रिमुखी योजना मैंने उपस्थित की है, वह एक संकेत है इसी मार्ग की ओर। मैं यह कहने की धृष्टता नहीं करूँगा कि हिन्दी-भाषी समाज इस संकेत को आँख मूँदकर मान ले, यद्यपि मेरा अनुभव है कि रंगमंच के जिस त्रिमुखी विकास की मैं कल्पना कर रहा हूँ, वही दिन-प्रतिदिन स्पष्ट होती हुई सांस्कृतिक प्रवृत्तियों का चरमोत्कर्ष हो सकता है।

यदि यह न भी हो, तो भी मेरा तो पक्का विश्वास है कि जनता, शासन और सांस्कृतिक संस्थानों को कुछ इसी तरह का बहुमुखी आन्दोलन खड़ा करना होगा। हमारा राष्ट्रीय रंगमंच एकमुखी नहीं हो सकता और न होना ही चाहिए।

इसीलिए हमारा नाटक-साहित्य भी कई विभिन्न शैलियों का संग्रह होगा, एक ही परिपाटी का उत्थानमात्र नहीं।

लेकिन मुझे लगता है, मानो हम आधुनिक हिन्दी के नाटककार बरबस ही एक ही शैली की तलाश में भटक रहे हों। जो नए प्रयोग हो रहे हैं, उनके पीछे रंगमंच की सामर्थ्य नहीं। इसलिए हमें रंगमंच की पद्धतियाँ भी निर्धारित करनी हैं और उसके साथ-ही-साथ नाट्य-साहित्य की शैलियाँ भी। दोनों कार्य समानान्तर रेखाओं की तरह चलें। यह सोचना कि पहले रंगमंच तैयार हो जाए तब नाटक लिखे जाएँ, या नाटकों की रचना कराकर रंगमंच को तदनुसार तैयार कर लें, भारी प्रवंचना होगी।

लेकिन मैं लेखक-समाज को हुक्म नहीं देना चाहता कि ऐसा लिखो और ऐसा नहीं। कलाकार को जबरदस्ती आदेश देने की क्षमता भला किसमें है?

हमारा राष्ट्र निर्माण की पहली सीढ़ियों पर है। ऐसे क्षण में लेखक-समाज द्वारा समय और शक्ति का अपव्यय बहुत अखरता है। अपव्यय दो तरह का आजकल हो रहा है–1. नई पीढ़ी के उदीयमान साहित्यकार मुक्तक काव्य

की झड़ी लगाए जा रहे हैं मानो उन्होंने छायावादी परम्पराओं को रीतिकालीन सवैयों की परिपाटी की भाँति साँचे ढालने वाली मशीन बना देने का व्रत लिया हो। नाटक का क्षेत्र है वीरान, लेकिन उधर कौन नजर डाले? 2. जो नाटककार हैं, वे प्रायः शून्य में सेज लगाकर किसी काल्पनिक रंगमंच की प्रिया से मिलन की तैयारियाँ कर रहे हैं। कुछ लोग हैं कि कोरे संवादों के चमत्कार को नाट्यगति (Action) का स्थान देकर सन्तुष्ट हो जाते हैं, कुछ के हरेक पात्र में एक ही व्यक्तित्व यानी लेखक का निजी व्यक्तित्व प्रतिबिम्बित होता है, कुछ का कथानक इतना सपाट होता है कि प्रथम दृश्य में ही अन्तिम दृश्य की झलक मिल जाती है और कुछ के पात्र भाषणों का ताँता बाँधते हैं, तो रुकने का नाम ही नहीं लेते।

प्रतिभा और समय के इस अपव्यय को रोकने के लिए लेखक-समाज को सामूहिक इच्छाशक्ति का प्रयोग करना होगा। यह सामूहिक इच्छाशक्ति साहित्यकारों की संस्थाओं द्वारा स्वीकृत और शासन द्वारा आर्थिक सहायता प्राप्त योजनाओं के रूप में प्रकट की जा सकती है। इन योजनाओं में श्रेष्ठ नाटकों पर पुरस्कार, नाटकों के अभिनीत कराने का प्रबन्ध, उदीयमान नाटककारों को आर्थिक सहायता—इन सबका विधान तो होगा ही, पर इनके साथ-ही-साथ नाटक-लेखन की कला के नियमों का संकलन और नाटककारों के लिए शिक्षा-केन्द्रों का आयोजन भी होगा।

मेरे भावुक साहित्यकार मित्र चौंकें नहीं। मैं कला को बन्धनविवश और साहित्यिक नेताओं से आक्रान्त दासी का रूप देने की तदबीर नहीं कर रहा हूँ। लेकिन कोई मुझे बतावे कि कौन-सी उत्कृष्ट कला नियमबद्ध नहीं और किस कला के साधकों को अध्ययन और अध्यवसाय के बिना कोरी भावप्रवणता के आधार पर सफलता मिली है? काव्य-प्रणयन में हाथ लगाने से पूर्व कवि छन्द-शास्त्र, अलंकार और पूर्ववर्ती कवियों का थोड़ा-बहुत अध्ययन करता है। समस्त प्राचीन नाट्य-साहित्य इसका साक्षी है; किन्तु हिन्दी में नाटककारों के पथ-प्रदर्शन के लिए कोई उपयुक्त रीतिग्रन्थ ही नहीं है। प्राचीन संस्कृत नाट्यशास्त्र का अध्ययन करने का हम लोग कष्ट नहीं उठाते और यह भी ठीक है कि वर्तमान परिस्थिति में उसी परम्परा के रंगमंच के अभाव में प्राचीन संस्कृत नाट्यशास्त्र को बिना कतर-ब्योंत किए हम ज्यों-का-त्यों अपना भी नहीं सकते। अधिकतर लेखक आधुनिक पाश्चात्य नाटककारों इब्सन, गाल्सवर्दी,

शा इत्यादि से प्रभावित होकर ही कलम उठाते हैं। लेकिन इन पाश्चात्य नाटककारों के पीछे अविच्छिन्न नाट्य-साहित्य की परम्परा है, जिसका उद्गम है प्राचीन यूनानी नाटक। साथ ही उन्हें प्राचीन, मध्यकालीन और आधुनिक शास्त्रकारों और साहित्य-नियामकों की धरोहर उपलब्ध है। पाश्चात्य नाटककार प्रायः ही यूनिटीज, ट्रेजेडी के द्वन्द्वात्मक आधार, चारित्रिक उत्थान, कथानक में चरमबिन्दु का समावेश आदि सिद्धान्तों से परिचित होते हैं। अरस्तू, बेनजान्सन, गेटे, ब्रैडले और कतिपय आधुनिक समालोचकों ने नाट्यकला के विषय में जो सिद्धान्त प्रतिपादित किए हैं, वे उदीयमान पाश्चात्य नाटककार के लिए एक मानसिक पृष्ठभूमि का काम देते हैं। यदि मैं कहूँ कि कुछ ऐसी ही मानसिक पृष्ठभूमि की हमारे यहाँ भी आवश्यकता है, तो इसे सृजनात्मक प्रवृत्ति पर शास्त्रीय बन्धन लगाने की चेष्टा न समझा जाए।

जैसे हमारे रंगमंच को बहुमुखी होना है, एक शैली में ही सीमित नहीं रहना है, वैसे ही हमारा नाट्य-साहित्य भिन्न-भिन्न सामाजिक आवश्यकताओं और चेतनाओं का परिचायक होगा, उसकी भी शैली बहुमुखी होगी। तदनुसार ही वह मानसिक पृष्ठभूमि, वह नियमों और विधियों का संकेत जिसका ऊपर उल्लेख किया गया है, विविध प्रकार के सिद्धान्तों का प्रतिबिम्ब होगी। जो इन सिद्धान्तों, नियमों और विधियों का संकलन और सम्पादन करें, उन्हें अपनी दृष्टि रंगमंच की भावी रूपरेखा पर रखनी है।

उदाहरणतः नागरिक रंगमंच के लिए नाटकों में काव्यात्मक शैली द्वारा रसपरिपाक—यह परम्परा संस्कृत नाटकों से ली जा सकती है। वस्तुतः प्राचीन नाटक दृश्यकाव्य था, यानी दर्शकों के लिए वह कविता का अभिनय द्वारा निरूपण था, जीवन का दर्पणतुल्य प्रदर्शन नहीं। आज के व्यावसायिक रंगमंच पर भी ऐसे ही नाटक शायद अधिक सफल हो सकें। उस शैली को आधुनिक प्रतीकवादी नाटककार मेटरलिंक, जेम्सबेरी, लेडी ग्रेगरी इत्यादि के वातावरण-प्रधान नाटकों से बहुत-कुछ मिल सकता है। देहाती रंगमंच के लिए जो नाटक लिखे जाएँ, उनमें भी प्राचीन संस्कृत और यूनानी नाटकों से कुछ पद्धतियाँ समाविष्ट की जा सकती हैं, यथा—सूत्रधार और विष्कम्भक को यूनानी कोरस की पद्धति में ढालकर एक नवीन प्रकार के रंगनायक की सृष्टि की जा सकती है, जो यवनिका और पर्दों के बिना ही नाटक की पृष्ठभूमि और भिन्न अंकों का एक-दूसरे से सम्बन्ध प्रकाशित कर सके, साथ ही उस

सूत्रधार के कथनों में भी नाटक की काव्यशैली और गीतों का समावेश हो। यथार्थवादी रंगमंच का नाट्य-साहित्य मुख्यतः समस्यामूलक और आधुनिक विचारधारा और संघर्षपूर्ण व्यक्तित्व का परिचायक होगा। किन्तु साथ ही सिनेमा की प्रभाववादी शैली और रेडियो-रूपक की संकेतवादिता दोनों ही का यथार्थवादी नाट्य-साहित्य पर स्थायी प्रभाव पड़ेगा।

इस प्रकार उदीयमान रंगमंच की विभिन्न शाखाओं की माँगों को दृष्टिकोण में रखते हुए नाट्य-लेखन-कला के कुछ बुनियादी नियमों का संकलन और प्रतिपादन लेखकों के लिए उपादेय सिद्ध होगा। यह न समझा जाए कि मैं नाट्य-साहित्य के प्रणयन के पूर्व रूढ़ियों की स्थापना कराना चाहता हूँ। इन नियमों की आवश्यकता संकेत के तौर पर है और ज्यों-ज्यों नाट्य-साहित्य की समृद्धि और विकास होते जाएँगे त्यों-त्यों इन सिद्धान्तों में भी परिवर्तन और उनका परिमार्जन होता चलेगा। नियमों को मैं मात्र प्रयोजन के रूप में देखता हूँ, अचल मान्यताओं के रूप में नहीं। प्रतिभा को जब नियमों के प्रकाश द्वारा प्रगति की राह मिल जाएगी, तब वह अपने में अन्तर्हित ज्योति को उकसाकर अपने आप ही मार्ग-निर्देशन कर लेगी। लेकिन अभी तो अन्धे की भाँति टटोलना पड़ रहा है। साहित्य के इस महत्त्वपूर्ण अंग की रूपरेखा, जिसमें कविता की भाँति केवल भावोद्रेक ही सृजन का कारण नहीं हो सकता, हिन्दी में स्थापित नहीं हो पाई है। संस्कृत नाटक की परम्पराएँ लुप्त हो गईं। इसलिए यदि ऐसे निर्देशन का विधान नहीं किया जाएगा, तो यही नहीं होगा कि इने-गिने नाटककार अपनी-अपनी डफली अपना-अपना राग लेकर बैठ जाएँगे, बल्कि नवयुवक साहित्यकार इस अनजाने-से पथ पर अग्रसर भी न होंगे। इसलिए मैं तो यहाँ तक कहने के लिए तैयार हूँ कि इस उपेक्षित अंग को सम्पन्न बनाने के लिए हमारी प्रमुख साहित्यिक संस्थाओं और विश्वविद्यालयों को नाट्यकला के शिक्षाकेन्द्र चलाने चाहिए। अमेरिका में तो कुछ विश्वविद्यालयों में पाकशास्त्र की भी डिग्री होती है, नाट्यकला का स्थान तो इससे कहीं ऊँचा है, और भारतीय शास्त्रों में चौंसठ कलाओं की प्रमुख श्रेणी में इसकी गिनती है। यदि कोई विश्वविद्यालय नाट्यकला में बी.ए. (कला स्नातक) की डिग्री की व्यवस्था करे, तो इससे बढ़कर उपाधि कला के क्षेत्र में क्या हो सकेगी?

ऊपर लिखे विचारों में रंगमंच और नाट्यकला की ही सीमित आवश्यकताओं

का आग्रह दीख पड़ेगा और शायद कुछ पाठक मुझे याद दिलाना चाहें कि रंगमंच और नाटक समाज की प्रगति और प्रवृत्ति पर निर्भर रहते हैं। मैं इस पहलू से अवगत हूँ और एक नूतन योजना की ओर संकेत करने का साहस भी मुझे इसीलिए हुआ है कि भारतीय समाज विशेषतः हिन्दी-भाषी समाज, सदियों बाद पुनः सामूहिक मनोविनोद को एक सुसंस्कृत और गम्भीर कला के रूप में ग्रहण करने के लिए प्रस्तुत है। सामूहिक मनोरंजन का सबसे कलापूर्ण, सुरुचिसम्पन्न और स्थायी रूप है रंगमंच। हमारा समाज अपने भिन्न-भिन्न स्तरों में मनोरंजन को इस सुव्यवस्थित रूप में देखना चाहता है। राजनीतिक स्वतंत्रता और सामाजिक चेतना दोनों ने हमें अपनी सांस्कृतिक इच्छाओं से अवगत करा दिया है। ये इच्छाएँ एक उन्मुक्त व्यक्तित्व का उठान हैं, वे किसी कुंठित व्यक्तित्व की अपने से बचने की चेष्टाएँ नहीं। साथ ही, अपनी परम्पराओं और उपेक्षित सांस्कृतिक साधनों के प्रति सचेष्ट जागरूकता भी स्पष्ट होती जा रही है। भरतनाट्यम्, मणिपुरी नृत्य, संथाली नृत्य, नौटंकी, सिनेमाओं में प्राचीन ऐतिहासिक और पौराणिक कथानक, देहाती तर्जों के गीत, सभी को जन-रुचि के क्षेत्र में महत्त्वपूर्ण स्थान मिल रहा है, और ये सभी रंगमंच के सुव्यवस्थित माध्यम की राह देख रहे हैं।

इसलिए हम रंगमंच के चाहे जो वर्गीकरण करें और नाट्य-साहित्य के मार्ग निर्धारित करने के लिए चाहे जिन नियमों का प्रतिपादन करें, इन वर्गों और नियमों को सामाजिक परिस्थितियों और जनता की रुचि का अनुमोदन करना ही होगा। मेरी दृष्टि में निकट-भविष्य का हिन्दी रंगमंच और नाट्य-साहित्य प्रायः तीन प्रमुख शैलियों में अवतरित होगा और हो रहा है। लेकिन सामाजिक और आर्थिक परिस्थितियाँ एवं प्रेरणाएँ परिवर्तनशील हैं, और सृजनशक्ति का मूलस्रोत चिरन्तन से प्रवाहशील है। कौन योजनाकार इस अबाध प्रगति को नियमों की चहारदीवारी में बाँध सकता है?

—जगदीशचन्द्र माथुर

❂❂❂